平凡社新書
876

作家のまんぷく帖

大本泉
ŌMOTO IZUMI

HEIBONSHA

作家のまんぷく帖●目次

※本書でとりあげた作家・作品の引用は、原則として全集に依った。ただし、意図的に一部旧仮名遣いのままにしたものを除き、刊行されている文庫などを参考にし、新字・新仮名遣いに改め、わかりにくいと思われる漢字に適宜読み仮名をふった。

※各作家の略歴については、『日本人名大辞典』（二〇〇一年、講談社）などを参考にした。

はじめに

「食育基本法」の影響もあるからなのだろうか、食事療法による健康志向ブームである。「コレステロールを下げるためには、何々を食べてはならない」、「痩《や》せるためには、糖質制限をしろ」、「健康にはマクロビオティックがいいらしい」等々、現代人は健康どころか、錯綜《さくそう》する「食」の情報をきちんと整備し、遵守しなければならないと思いこむ病気に罹《かか》っているかのようである。

他方、「健康オタク」でありながら、飲みに行かないかと誘われれば、仕事が残っているにもかかわらず「はーい」と素直についていき、「食い放題」となると、おなかいっぱいになっているのに食べ続けてしまう。後悔、反省の繰り返しである。

そういう意味で、私達は「食」のパラドックスに生きている。そして、生命を維持するための「食」以上に、「食」をとりまく情報、環境、遊び、コミュニケーション等にふりまわされ、こだわりをもってもいる。

「食」の文化は、このようなところからも生まれてくるのではないだろうか。

前近代の表現者達も「食」に興味を持っていたのだろうが、近代以降の作家達は「食」にこだわり、「食」表現のおもしろさを発見した。

たとえば開国後、牛肉食が奨励され、福沢諭吉は学生達と一緒に牛肉を食べに行った。食品安全基本法が施行されていない時代なのだから、まさに命懸けで血のしたたる牛肉を食べて、文明開化を体得しようとした。仮名垣魯文《かながきろぶん》も、「牛肉」という新しい食材を発見した。建前として禁じられていた牛肉食が、近代になって解禁になったからである。『安愚楽鍋《あぐらなべ》』（一八七一〜七二年）により、牛鍋屋に通う人々をルポルタージュした。

前に触れた「食育」については、黒岩比佐子氏が指摘しているように（『食道楽』岩波文庫の解説）、すでに村井弦斎《むらいげんさい》が『食道楽』（一九〇三年）の登場人物お登和《とわ》に、体育、智育よりも「食育」が大切なのではないか、と語らせている。

二〇一三年一二月、「自然を尊ぶ」「和食」がユネスコ無形文化遺産に登録されたが、日本食の価値を一〇〇年以上も前に主張している作家がいた。特にその色彩美を『草枕』（一九〇六年）の中で指摘した夏目漱石である。

「マクロビオティック」については、平塚らいてうが明治期から興味をもち、栄養不足になりがちな第二次世界大戦の戦時下においても実践しようとしていたことは瞠目《どうもく》に値する。

このように近代以降の作家達は、常に興味のアンテナをひろげて食べ続け、あるいは食べることを拒否し続け、対象とする「食」のリアリティをことばで表現することを試行した。そして、ウロボロスの蛇のように、表現するためにも「食」にこだわり続けた。食べものにこだわる、「食」表現の挑戦者達だったのである。

本著では、二二人の近・現代作家達の「食」へのこだわりを追尋《ついじん》している。作家達の「食」への探求心は、時には微笑ましく、滑稽で、あるいは惨《むご》たらしく、切なくて哀しい。猥雑《わいざつ》性のあるのが文化だとすれば、文化をことばで担っていく作家達の「食」への執着が、個性的で強靭《きょうじん》で複雑になるのは当然なのかもしれない。

そして彼等は、作家以前に人間的な「食いしん坊」だったのだ。

作家の食習慣を調べる資料として、作家ゆかりの人々の回想文にも依拠《いきょ》したが、そこからたちあらわれてくるのは、家族や人間関係の強い絆である。拙著『作家のごちそう帖』（平凡社新書）では、永井荷風の孤食にも触れたが、荷風も自分のための食事作りの反措定として、顔なじみの行きつけの店へのこだわりがあった。記憶の中でも、誰と何を食べたかが大切であるように、私達が人との関係性の中でいかに生きているのかということがわかる。

本著で提供した作家達の「食歴」を自由に読んでいただきたいと思う。

作家活動の内容に紙面を割《さ》いたのは、あまり作家になじみのない方に便宜を図ったつもりである。国際的に和食やサブカルチャーが評価されているように、日本の近代文学にもいいものがたくさんある。少しでも多くの作家や作品に興味をもっていただきたい。皆様の心が少しでも「満福」に近づいていただければ幸いである。

それでは、作家達の「食歴」の饗宴をご一緒に探検していこう。

樋口一葉――お汁粉の記憶――

ひぐち・いちよう　一八七二〜九六
明治五年三月二五日生まれ。一九年、歌人中島歌子の「萩《はぎ》の舎《や》」に入門。その後、半井《なからい》桃水《とうすい》に師事し、二五年、第一作「闇桜」を発表。二七年末から一年あまりの間に『大つごもり』『たけくらべ』『にごりえ』『十三夜』などを残した。明治二九年死去。二四歳。東京出身。本名は奈津。

樋口家の事情

樋口一葉は、明治五（一八七二）年、内幸町一番屋敷、東京府構内抱地の武家長屋（現在の日比谷シティあたり）に、父樋口則義、母たきの次女として生まれた。

生まれた場所は、今でいう公務員住宅である。ここをふり出しに、一四か所転居し、終生東京を離れなかった。

父親の則義は、山梨の農家の出身である。同郷のたきと恋に落ち、江戸に駆け落ちをした。生まれた長女を人に預け、たきは二五〇〇石の旗本稲葉大膳家の養女鉱《こう》の乳母になる。則義は、蕃所調所の小使いから奮励努力し、やっと一八六七（慶応三）年になって、南町奉行配下の八丁堀同心株を買い、いわゆる武士の地位を得た。

ところがその年は、旧幕藩体制から新政府へ刷新される前年である。樋口家にとって、維新は思いもよらないできごとだったろう。しかし、則義はなんとか東京府公務員の地位を得て、明治八年、東京府士族になることができた。退職後は、警視庁に勤めている。

長女ふじは、軍医と離婚して家に戻ったが、一葉が七歳の時に再婚。

次男虎之助は、病弱で両親にとっては問題児だった。そのために分籍され、薩摩焼絵付師に弟子入りし、後、奇山と号した。

大蔵省に勤めていた長男泉太郎は、明治二〇年に病気で退職し、亡くなってしまう。翌年、父則義は荷車運輸請負業組合を設立するが事業に失敗し、同二二年、失意のうちに病没。

一葉が女性でありながら、一六歳で相続戸主となったのはこのような事情があったからである。一七歳で父を喪う。そして同じ年に、許婚《いいなずけ》だった渋谷三郎から一方的と思われる婚約破棄がなされた。

一葉はただちに、母たき、妹邦子と一緒に針仕事と洗濯で生計を立てなければならなくなる。

一葉は、青海学校小学高等科を首席で卒業したが、母たきの反対で進学を諦めている。そういう一葉を不憫《ふびん》に思った生前の則義は、知人の紹介で、中島歌子の歌塾「萩《はぎ》の舎《や》」に入塾させた。父の死後、一葉は「萩の舎」の内弟子となるが、ここは皇族もいる、中・上流階級の子女が通う学校である。内弟子とはいえ、実質はお手伝いとかわらない処遇である。歌の才能があっただけにつらい思いをしたにちがいない。先輩の姉弟子である田辺《たなべ》花圃《かほ》（龍子）の書いた小説『藪の鶯』（一八八八年）が話題となり、三三円の原稿料になったことを知り、一葉は、「今日より小説一日一回づつ書く事をつとめとす」（明治二四年一一月四日付日記）と決意する。

女性が自立するのが困難な時代である。普通の子女なら芸者になることを考えたかもしれない。しかし、士族としての矜持《きようじ》がある。男性の斎藤緑雨《さいとうりよくう》ですら、「筆は一本、箸は二本」（筆一本では食べていけないということ）と述べた時代である。一葉のように、作家として認められ、作品も実際に残っている女性作家は少ない。このプロ意識をもって執筆しはじめたことも、名作を世に出すことのできた一因なのだろう。

一葉は、妹邦子の友人の紹介で半井桃水《なからいとうすい》に小説の書き方を習いに行く。そして恋をする。樋口家の事情は、父親が旧幕臣・旗本であるという初期作品の設定、情は深いが誇り高い女主人公たちの性格設定等に影響を与えている。一葉文学の素材一つ一つが、一葉をとりまく環境でなされた観察に基づいて創造されているのがわかる。

半井桃水との邂逅

「東京朝日新聞」の専属作家であった半井との出会いは、一葉にとってとても大きな意味をもつ。一八九一（明治二四）年四月一五日、半井を訪ね、その印象を日記に書いている。

色いと白く面《おも》ておだやかに少し笑み給へるさま、誠に三才の童子もなつくべくこそ覚ゆれ。丈は世の人にすぐれて高く、肉豊かにこえ給へば、まことに見上る様になん

一葉の目には、師匠としてのみならず、素敵な異性として映ったようだ。

一方の半井は、初対面のときの印象を回想文の中で次のように記している。

袷《あわせ》を着て居られましたが縞《しま》がらと言ひ色合と言ひ、非常に年寄めいて帯も夫に適当な好み、頭の銀杏《いちょう》返しも余り濃くない地毛ばかりで小さく根下りに結つた上、飾といふものが更にないから大層淋しく見えました

五〇〇〇円札に印刷された一葉を改めて眺めてみると、美しい顔立ちだが、確かに淋しい印象を覚える。田辺花圃がやはり回想文で、流行おくれの髪飾りをしていたことに触れている。流行の髪飾りを求める余裕がなかったのだろう。目元にそばかすのある、ひとえ瞼《まぶた》の色白である。白粉《おしろい》はつけないが、口紅ぐらいはさしたという。前髪を小さくとった銀杏返しは、町家の娘のヘアスタイルだ。しかも重い肩こりのために猫背で、五尺（一五〇センチ位）の小柄な体を折って挨拶をする。強い近眼でもある。桃水は、「昔の御殿女中がお使者に来たやうな有様」だったとも回想しているのがせつない。面食いといわれていた桃水が相手では、地味な雰囲気の女性の一葉は不運だった。

一葉は、生活のためにも小説を書きたいと訴える。桃水も家族を養うために小説を書いていることを一葉に話す。桃水の「師」にはほど遠いかもしれないけれども、遠慮なく相

談にいらっしゃいとのことばに一葉は舞い上がる。

この頃の一葉は、本郷菊坂の自宅から桃水の家、読書に没頭した上野の図書館、「萩の舎」を結ぶ世界を生きている。親友伊東夏子、塾長の中島歌子に桃水との交際で注意され、桃水が妹幸子の友人に女児を生ませて郷里に帰したと誤解したために、一葉はついに別離を告げに行く。しかし、この一年強の期間は、一葉にとって充実していただろう。

短い生涯の中での、習作執筆と恋に輝いた一年と二か月は、最期の一年と二か月の間に名作が一気に書かれた期間とちょうど符合する。

女性として失恋したことになるのかもしれないが、一葉は女戸主だったために、半井との結婚は、はじめから諦めていた可能性がある。

恋に恋して自らを輝かせる時期が、一葉の人生と文学に必要だったと思われる。

ごちそうするのが好きだった一葉

母たきは、女所帯になってから、少々の酒をたしなむようになった。

一葉は、好き嫌いはないものの、おごりがいのないほどの小食だったという。自分が楽しむより、人がおいしそうに食べるのを見るのが好きだったのだろう。

ちなみに一葉というペンネームは、達磨《だるま》大師が葦の一葉に乗って中国に渡って行ったという故事から生まれたそうである。達磨さんには足がない。私も「あし」（お金）がない、という意味である。

お金がないから食べ物に執着できなかったこともあるのかもしれないが、食にこだわることを潔しとしない武士道精神から、父則義が現役のときから、樋口家では質素な食生活だったとも考えられる。明治二五年三月二五日には、「今日はおのれが誕生の日なればとて、魚などもとめていささか祝いごとす」とある。普段から肉はもちろん魚ですら、とっていなかったことがわかる。

ただし、季節の行事食を整えることは怠らなかった。正月には屠蘇《とそ》と餅、桃の節句では、姉を交えた女性四人で、白酒《しろざけ》、いり豆を準備している。

一一月一二日の父則義の命日には、やつがしらの芋を煮てお供えもしている。

外食としては珍しく、図書館の帰りに親友田中みの子と一緒だったのだろうか、池之端仲町の蕎麦屋・蓮玉庵《れんぎょくあん》に寄っていることが日記に記されている。

向島の料亭植半楼《うえはんろう》の宴席にも出ているが、その二日前には、母や妹に一切れの魚や肉を差し上げたこともないのに、高級料亭の「植半」「八百松」の御馳走も「橋本」での鯉こくも自分にとっては何がおいしかろうかと記している。

明治二六年二月一一日付の日記には、小川町から万世橋を経て明神坂で、母親の好物の飴をお土産に買っていることが記されている。大國屋の明神あめのことだろう。

明治二七年五月、子供相手の駄菓子屋を開いていた下谷竜泉町を離れて、丸山福山町に引っ越している。終焉の場所である。まさに『にごりえ』（一八九五年）の世界と重なる銘酒屋が立ち並ぶ新開地である。酌婦《しやくふ》たちの手紙の代筆も請け負った。

新居は「守喜」という鰻屋の離れである。家に五〇銭位しかなくても、人が訪ねてくると、お菓子を用意したり、寿司、鰻等をとったりしてもてなした。蒲焼は、『たけくらべ』（一八九五〜九六年）の真如《しんによ》の父の大好物である。

相変わらず借金は続き、「萩の舎」の助教、家で行う古典の家庭教師の副業で糊口《ここう》をしのぐ。

『闇夜』（一八九四年）、『大つごもり』（同）、『たけくらべ』『ゆく雲』（一八九五年）、『にごりえ』と発表し続けると、ようやく文壇で名前が知られるようになっていった。

島崎藤村、馬場孤蝶《ばばこちよう》、平田禿木《ひらたとくぼく》、上田敏《うえだびん》の『文学界』の同人達、斎藤緑雨、泉鏡花等が毎日のように通ってきて、樋口家は文学サロンになる。一葉は、シャーロット・ブロンテとも呼ばれた。

伊東夏子は、一葉の容態が悪くなると、毎日通って見舞った。一葉は、病床から菓子好きな夏子にいただきものを自ら手で割って渡したという。

お汁粉の記憶

遡《さかのぼ》ることになるが、一葉は、桃水が痔の手術をしたとき、「伊予紋」の料理を買って見舞いに行っている。本郷三丁目の「藤村」の羊羹《ようかん》も求めて見舞いに出かけている。

上野の図書館に通っているときも、妹の邦子は、いつも食事の準備をして待っていてくれた。一緒に風呂にはいるほどの仲良しである。手作りの料理はありがたいものだ。

明治二五年二月四日、みぞれが雪になった日、一葉は桃水宅を訪れている。留守だと思っていたら、桃水は原稿を徹夜で書き、疲れて寝ているのだった。一葉は二時間ほど待つことになるが、起きた桃水はあわてて蒲団をたたむ。


雪ふらすはいたく御馳走をなす筈《はず》なりしかこの雪に而《て》は画餅に成りぬとて手つからしるこをにてたまへり免し給へ盆はあれと奥に仕舞込ミて出すに遠し箸《はし》もこれにて失

礼なからとて餅やきたるはしを給ふ

餅を焼いた箸のままでいただく、少しお行儀の悪い食べ方である。しかし、それだけに男の手料理という感じがして、一葉はうれしかったにちがいない。寒い日に体の温まる甘いお汁粉である。

そして桃水は、雪が盛んに降り出したので、電報を打って、ここに泊まりなさいと、しきりに思わせぶりなことを言う。

一葉は辞退して帰宅する。車中でも、胸の鼓動が激しく鳴っていたことだろう。熱い鼓動である。この時、『雪の日』（一八九三年）という作品の構想が生まれた。生涯、忘れられない日になったにちがいない。

明治二九年一一月二三日、一葉は肺結核で亡くなる。二四年八か月の生涯だった。二四日に通夜。お返しが十分できないとの理由で、二五日に会葬者十余名だけのささやかな葬儀がなされた。

一生、母と妹を食べさせることに苦労した一葉である。それだけに桃水が作ってくれた手作りの汁粉の記憶は、一葉の脳裏に深く刻み込まれたと思われる。

泉鏡花——食べるのがこわい——

いずみ・きょうか　一八七三〜一九三九

明治六年一一月四日生まれ。尾崎紅葉に師事し、『夜行巡査』『外科室』で脚光をあびる。明治二九年発表の『照葉《てりは》狂言』から幻想的でロマンにみちた独自の世界を築いた。代表作に『高野聖《こうやひじり》』『婦《おんな》系図』『歌行燈《うたあんどん》』など。昭和一四年死去。六六歳。石川県出身。北陸英和学校中退。本名は鏡太郎。

生い立ち

金沢にある近代文学館に行くと、金沢出身の近代作家の彫刻がある。室生犀星《むろうさいせい》、徳田《とくだ》秋声《しゅうせい》、そして泉鏡花である。尾崎紅葉を師と仰いだ金沢出身の三人の作家となると、徳田秋声、泉鏡花、そしてマスコミ人の鑑となった桐生悠々《きりゅうゆうゆう》をあげることができる。

泉鏡花は、芸者すゞを落籍《ひか》して同棲していたことを紅葉先生に叱られると一時期別れ

（紅葉が亡くなると結婚する）、江戸っ子の師匠へのあこがれと故郷を逆に意識しての、極端な江戸趣味に走った。

鏡花（本名鏡太郎）は、一八七三（明治六）年生まれ。父清次は、加賀藩御用白銀細工職人に弟子入りをして、工名政光を名乗る彫金師だった。母鈴は江戸下谷生まれであり、葛野《かどの》流《りゅう》大鼓師中田萬三郎豊喜の長女。宝生流《ほうしょうりゅう》シテ方松本金太郎の妹である。

鏡花は九歳の時に母を喪う。鈴は享年二八だった。その母恋いのテーマは、鏡花文学の重要な基調の一つである。母から得たと思われる芸能世界への興味は、たとえば『照葉《てりは》狂言』（一八九六年）、『歌行燈《うたあんどん》』（一九一〇年）等といった作品にみることができる。

職人技といえる練りに練られた文章も、父親譲りのものと指摘することができるだろう。総ルビ＝すべての漢字に読みがなをふった緻密な作業、もその一例かもしれない。絵も上手だった。

一八八四年から、鏡花は一致《いっち》教会《きょうかい》派の真愛学校（後の北陸英和学校）に三年弱在籍した。そのアメリカ人の校長ポートルの妹に愛される。ポートル、近所の湯浅茂、親戚の目細照らは、母鈴とともに、鏡花文学の女性をかたちづくるもととなったようだ。さらに摩耶夫《まやぶ》人《にん》信仰も文学に色濃く投影されている。

先に触れた尾崎紅葉の『二人比丘尼色懺悔《ににんびくにいろざんげ》』（一八八九年）を読んで感動したことから上京。二年後の一八歳の時に入門が許され、紅葉宅の玄関番になる。『高野聖《こうやひじり》』（一九〇〇年）等、名作を次々と発表。おばけや化け物、神通力をもつ者等が登場する、現実と非現実の世界の交錯に、鏡花文学の特徴がある。

一九三九（昭和一四）年、肺腫瘍のため死去。絶筆として手帳に「露草や赤のまんまもなつかしき」と記されていた。

記憶によみがえるのは、故郷金沢の「赤のまんま」（赤蜻蛉）だったのだろうか。

潔癖症だった鏡花

横寺町の紅葉宅にいた頃のことについて、鏡花は、自分には次のような「迷信」があったと回想している。

先生から受取った原稿は、これを大事と肌につけて例のポストにやって行く。我が手は原稿と共にポストの投入口に奥深く挿入せられて暫《しばら》くは原稿を離れ得ない。やがて漸《ようや》く稿を離れて封筒はポストの底に落ちる。けれどそれだけでは安心が出来ない。

若《も》しか原稿はポストの周囲にでも落ちていないだろうかという危惧《きぐ》は、直《ただ》ちに次いで我を襲うのである。そうしてどうしても三回、必ずポストを周って見る。それが夜ででもあればだが、真昼中狂気染みた真似をするのであるから、流石に世間が憚《はばか》られる、人の見ぬ間を速疾《はや》くと思うので其の気苦労は一方ならなかった。かくて兎も角にポストの三めぐりが済むとなお今一度と慥《たしか》める為に、ポストの方を振り返って見る。即ちこれ程の手数を経なければ、自分は到底安心することが出来なかったのである。

（「おばけずきのいわれ少々と処女作」一九〇七年）

このような強迫神経症と思われるような行動は、私たち現代人にもよくみられるものだ。ところが、鏡花が紅葉宅にいたのは明治二〇年代である。吉村博任氏が鏡花を病跡学から追っているが、鏡花自身の記憶は、近代における病気の記録としても古い例のように思われる。

鏡花の弟斜汀《しやてい》の娘で、泉家の養女となった泉名月《なつき》の「鏡花のことども」（一九七〇年）では、鏡花の家の様子が述べられている。鏡花は麴町六番町の家賃四五円の借家に住んでいた。広さは一階、二階を含めて大体三五坪。四畳半が茶の間になっていて、長火鉢と煙草盆が置かれている。この茶の間の天井が一風変わっていた。

天井の板の隙間と隙間に、白い半紙が細長く切って、糊《のり》でぴったりはってあるのです。借家で、立て付けがよくないから天井板に隙間もできるのかもしれませんけれども、鏡花は非常な潔癖家でした。二階からごみのおちるのを恐れて紙を張ったというのです。茶の間の長火鉢にかかっている鉄びんの口にも、煙管の口にも、サックがかぶせてあるのです。煙管の口のサックは、すゞ夫人が、千代紙をまるめて手製で作るのです。それから、その白い半紙のはってある天井なのですが、天井には、とうもろこしの大きいのや小さいのが、いくつもいくつも、へちまや、ひょうたんがなっているように、ぶらさがっているのです。（中略）その天井にぶらさがっているとうもろこしは、雷さまをよけるおまじないなのだそうです。鏡花は雷様が大嫌いだったのだそうです。

サックは、蠅よけでもあったろう。鏡花は、病的といえるほどの潔癖症だった。

酒も煮沸消毒

鏡花の雷嫌いについては、久保田万太郎による同様の証言がある。

先生のおすきなもの、一に鶏肉（それもどんな暑い最中でも、まのあたり、佃煮のやうに煮くたらかさなければいけない）、二にうどん、三に大根八つ頭のたぐひを煮たもの（前記『日本橋』のお孝の台詞に〈お粥《かゆ》腹のお姫様をうどんで口説いて、八つ頭をみて泣いたつて、まるでお精霊さまの濡場のやうだ。〉とある）――わたしの青柳を喰べるのを罵倒しながら御自分では蛤をあがる。――お嫌ひなものは、一に雷、二に犬、三に――さァ何を挙げたらいゝだらう？　あんまりありすぎてこまる。

（「水上瀧太郎君と泉鏡花先生」一九二五年）

胃腸の調子の悪くなった鏡花は、一九〇二年と一九〇五年の二回、逗子で療養している。「殆《ほと》んど、粥と、じやが薯《いも》を食するのみ」と自筆年譜に記されている。

食べ物を熱湯か火熱で煮沸してから口に入れる習慣をもつようになった。

日課については、元門下生の寺木定芳が記している（『人、泉鏡花』一九四三年）。まず起きると階下に行って顔を洗って神仏を拝む。二階にあがって師紅葉の軸物に礼拝。それから茶の間に来て、一服の後に番茶を一杯。塩の入った茶碗に焙《ほう》じた番茶を注いだものので、美味だったらしい。

朝食は必ず食べる。若い頃から卵の黄身を二個入れたおみおつけである。昼食は決してとらない。

おやつには、虎屋の羊羹《ようかん》、饅頭《まんじゅう》類を好んで食べた。銀座木村屋で売っていた城代と称するアンパンの餡《あん》をぬいたようなパンが好物だった。それを指でつまんで食べて、最後に指のあたっていた部分だけをポンと捨ててしまう独特の食べ方をしていた。

酒に関しては、ぐらぐらつけた熱燗《あつかん》を二合、それで相当べろべろになったという。晩年、病後の療養に牛肉三切れ四切れ位食べだしたが、それまでは鶏以外、肉と名のつくものは口にしない。すべて脂のない上等な白身魚である。上物でも刺身などは見るだにいやだというのだった。

ところが神楽坂時代は、これから執筆だという午後一一時から一二時近く、大どんぶりに、菜漬を一杯、それに烏賊《いか》の生漬《なまづけ》という、不衛生で消化の悪そうなもののおかずで大飯をぱくぱく食べていたという。

それが、当時の赤痢《せきり》にかかってから胃腸の調子が悪く（精神的なものも加わって）、鶯の擂餌《すりえ》のような食療法をしてから食物恐怖症になってしまったという。

酒だけは、ぐらぐら煮燗すれば煮沸消毒になるので大丈夫だ。しかし、はち巻岡田で出す特選薦《こも》かぶりという濃度の強い菊正宗だけは口にしなかった。

夜食の後は、林檎をかじる。十二分に手を洗ったすゞ夫人が、小刀をもって林檎の実には手が触れないように器用な手つきでむく。鏡花は、林檎の頭とお尻のところを親指と人差し指でつまんで受けて、横かじりする。独楽が回るように回しながら横側だけ食べて、上下の指の触れたところは捨ててしまう。

鼠も怖れた。夜中に走りまわって、翌日使う御膳をいたずらされては困るということで、台所の棚板は、毎晩すべてとりはずされた。夜は、道具一品といえども台所に置かない。二階へあがる階段には、埃《ほこり》や塵《ちり》を拭く三通りの雑巾《ぞうきん》が置かれていた。

外で呑むところは、潔癖が高じて年とともに限られていった。

藤村、花月、はち巻岡田、はげ天（天ぷらは食べないが）、初音。中華料理は大嫌いだったが、谷崎潤一郎の顔で、主人に特別料理をつくってもらう偕楽園には出かけた。

安心できない家に行く時は、自宅で夕食をきちんととって、おなかをいっぱいにし、その家では一口も口へ入れない徹底ぶりだった。

ハイカラだった鏡花

里《さと》見《み》弴《とん》は、『閑中忙談』（一九四一年）の中で、鏡花が意外なことにハイカラであったことも伝えている。

帽子はクリスティー、練《ねり》歯《は》磨《みがき》がクロノス、煙草も、薩摩水《すい》府《ふ》を常用なさる一方、葉巻、紙巻ともに舶来の上等品を愛蔵せられ、時おりお裾分けにあづかった。湿布《しっぷ》薬でも、エキホスというような和製ではお気に入らず、アンテイプロデイステイン、汗《あせ》疵《も》にはたきつける亜鉛化澱粉《でんぷん》までアメリカ製と伺ったことがある。葡萄酒、ブランデー、ウイスキー、ベルモットなどにも、それ〴〵お好みがあったらしい。いかにも「鏡花世界」らしくないが、日常生活に、こういうハイカラな面もおありだった。

そういえば鏡花の描く女性には、日本人でも外国人でもあるような、母親のような少女、聖女のような妖婦といった多面性をもつ魅力的な人物が多い。

相反するかのような観音力と鬼神力という二つの超自然力を信じて文学に形象化したように、実生活における鏡花は、江戸の粋な食べ物と西洋の食べ物の両方を好むこだわりがあったようである。

斎藤茂吉――「俺はえやすでなっす」――

さいとう・もきち　一八八二〜一九五三
明治一五年五月一四日生まれ。伊藤左千夫に師事し、「アララギ」同人となる。「実相観入」の写生説をとなえた。歌集に『赤光《しゃっこう》』『あらたま』『白き山』など。『柿本人麿《かきのもとのひとまろ》』で昭和一五年、学士院賞。二六年、文化勲章。昭和二八年死去。七〇歳。山形県出身。東京帝大卒。

二足の草鞋《わらじ》

斎藤茂吉は、一八八二（明治一五）年、山形県南村山郡金瓶村（現在の上山市金瓶）に生まれた。

秀才だったが、生家の守屋家は、茂吉を中学に進学させる経済的な余裕はなかった。

その頃、浅草で医院を開業していた斎藤紀一は、子供が皆女の子だったために、跡継ぎの養子にふさわしい少年を探していた。同郷の紀一は、茂吉の実家の隣にある宝泉寺の和尚に相談した。すると、守屋家の三男である茂吉が適格だと言う。

かくして、一五歳の茂吉は、上京することになった。途中、仙台の旅館で生まれて初めて「もなか」を食べ、世の中にこんなにうまいものがあるかと思ったという。

茂吉は、紀一の期待に応えるべく一生懸命勉強をして、開成中学から東京大学医学部へ進学する。地元では、画家か僧侶になりたかったのだから、人生の舵《かじ》を大きくきって進んだことになる。

医学部に入学した一九〇五（明治三八）年、作歌の志をもつようになった。借りて読んだ正岡子規の『竹の里歌』（一九〇四年）に触発されたのである。翌年には、伊藤左千夫の門下生になって「馬酔木《あしび》」に投稿。東大の助手時代に、生母が亡くなり、『赤光《しやつこう》』（一九一三年）を刊行した。

『赤光』というタイトルは、仏説阿弥陀経の「青色青光黄色黄光赤色赤光白色白光」からとったものである。

のど赤き玄鳥《つばくらめ》ふたつ屋梁《はり》にゐて足乳根《たらちね》の母は死にたまふなり

星のゐる夜ぞらのもとに赤赤とははそはの母は燃えゆきにけり
さ夜ふかく母を葬《はふ》りの火を見ればただ赤くもぞ燃えにけるかも　（「死にたまふ母」）

赤のイメージが鮮烈である。次のような一首もある。

死に近き母に添寝《そひね》のしんしんと遠田《とほだ》のかはづ天《てん》に聞《きこ》ゆる　（「同」）

聴覚を刺激する蛙の声をとりいれることによって、寝室から天へ連なる空間の広がりがある。生死や時空を超えた世界も感じられる。

茂吉は、正岡子規の「写生」に啓発されたが、一歩踏み込んで「実相観《じっそうかん》入《にゅう》」――観るものに自分の生命・魂を入れていくという新しい短歌の世界をひらいていった。柿本人麻呂や源実朝等の研究も優れている。

その影響は歌壇のみならず、文壇全般に及んだ。芥川龍之介は、「あらゆる文芸上の形式美に対する眼」「耳」をあけてくれる「導者」だと茂吉を評価している。

何事も徹底するのが茂吉の性格だった。

昭和初期、小宮豊隆と、松尾芭蕉の「閑《しづ》かさや岩にしみ入る蟬の声」の蟬が何蟬なのか論争したことがある。小宮はニイニイゼミ、茂吉はアブラゼミ説である。侃々諤々《かんかんがくがく》、埒《らち》があかず、最後には、山寺の麓の小学校に依頼し、小学生に山寺へ登って蟬を捕まえてもらった。その結果、蟬はニイニイゼミであることがわかった。茂吉は、小宮に降伏する。ユーモラスな歌も残している。

茂吉われ院長となりいそしむを世のもろびとよ知りて下されよ　（『石泉』一九五一年）

義父の紀一は、一九〇二（明治三五）年に帰朝し、青山に脳病院を作った。茂吉は、その同じ船で帰国した夏目漱石から大学で英語を学んでいる。三年後に斎藤家の娘輝子の婿養子として入籍。輝子はまだ一一歳だった。実際に結婚したのは、一九一四（大正三）年である。夫婦仲は、必ずしも良くはなかったようだ。茂吉は、一七年から二一年まで長崎医専の教授を務める。

一九二四年一二月、青山の病院が焼けた。ヨーロッパ留学から輝子と帰朝した茂吉は、まだ院長ではなかったが、青山に小病院と自宅を残し、世田谷に大きな精神病院を再建する。一九二七（昭和二）年に院長となり、翌年、紀一が死亡。一九四五年五月、またしても空襲で自宅が焼失した。

癇癪《かんしゃく》もちで、家族にあたりちらすことがあったようだが、患者には優しく、名医だった。文壇では、芥川龍之介や宇野浩二らも診察を受けている。芥川の睡眠薬による自殺は、眠れないほどの衝撃を受けて悔やんだ。

斎藤茂太、北杜夫と二人の子供を精神科医にし、茂太の代に譲るまで病院経営にも力を尽くした。苦労しただけに経営に関する自負もあったのだろう。

歌人と医者としての二足の草鞋は、それぞれ結実し、成功した。

病気と食事

上田三四二《みよじ》は、茂吉が四〇歳で、蛋白尿《たんぱく》を発見した時、すでに慢性腎炎があったとし、腎臓病から高血圧症、動脈硬化症へと病像を完成し、その結果、脳軟化症による左半身不全麻痺、心臓喘息発作に襲われたと分析している。

余談だが、幸田文は、父露伴と同じように、茂吉は汗っかきで頻尿だったと証言している。茂吉は、子供の頃から夜尿症で、後年、「極楽」と名付けた小水用のバケツを持ち歩いていた。使用後流しで洗い、赤茄子（トマト）を入れて客に供したこともあったようである。体臭が強く、輝子夫人はそれを気にしていた。

さて、一九〇九（明治四二）年、茂吉は腸チフスにかかり、そのためもあったのだろうか、翌年、ビリから二番目の成績で卒業している。

隣室に人は死ねどもひたぶるに帚《はは》ぐさの実食ひたかりけり　（『赤光』）

四〇度近い熱を出しながらも「あの魚卵に似たほうき草の実が食べたいとそのことばかり思っていた」（『童馬漫語』一九一九年）。ほうき草は、キャビアに似ている、東北で食べるとんぶりのことである。

長崎時代には、スペイン風邪に罹患《りかん》したこともあった。手帳には、「明治屋の菓子頂戴《ちょうだい》」、正岡子規の『仰臥漫録《ぎょうがまんろく》』（一九一八年）を読んだ日は「夕食　とろろ飯　軽く五椀」と記している。

前述したように、茂吉は蛋白尿が出ているのに、ヨーロッパへ留学した。帰国後の一九二九（昭和四）年、友人のいる杏雲堂《きょううんどう》病院で検査をした。慢性腎炎との診断で、食事療法をすることになった。その時の日記の抜粋は、次のとおりである。

一月二十四日……ドウモ食物ガ蛋白脂肪ガ少イノデフラフラシテ困ツタ。……ソコデ鰻ヲ食ツタ。……ドウモ体ヲ温クシ、イクラカ旨イモノヲ食ツタ方ガ工合ガヨイヤウデアル。……

一月二十六日……夜ニナリテ青山ニカヘリ。夜食ニうなぎヲ食ス。牛乳ニ珈琲ヲ入ル。実ハモツト養生シナケレバナラヌノデアルガ、サウスルトドウモ体力ガ衰ヘテ何ニモ出来ナイカラ思切ツテカウシタ。……

一月二十七日……夜食ニうなぎノ弁当ヲ食フ。ツマリ、余リ厳格ナル食事ヲトツタモノダカラ却ツテ気力衰へ、動悸ガシタ。ソレヨリモ甘イ旨イモノヲ食シテ、太ク短カク生キヨウト思フ。

たしかに病院長としての責務の重い、大変な時期だったのだろう。だが、「太く短カク生キヨウト思フ」決意に至る動機の一つに鰻が食べたいという気持ちもあった。

鰻と茂吉

茂吉は外来診察日には朝食にニンニク、玉ねぎ、たくあん、大根おろしを食べなかった。口臭を気にしたからだ。（斎藤茂太『回想の父茂吉 母輝子』一九九三年）

茂吉は「赤光時代は、敷島《しきしま》二箱を喫《す》ってようやく一首の歌を作った。あんなに煙草を喫って作った歌はみんな駄目だ」と友人に言ったそうだが、どちらかというと歌集『あらたま』（一九二一年）、『白き山』（一九四九年）の方が気に入っていたらしい。煙草はパイレートが好きで、ヘビースモーカーだった。ところが、弟子や子供たちには厳重に禁じている。本人がやめたのは、長崎時代以降だった。

茂吉が一番好きだったのは味噌汁。味噌汁とご飯と香のものがあれば満足で、それに納豆でもあれば最高だった。ただ味噌汁の実にはうるさく、その日の朝、あるいは前の日から、次の味噌汁の実は何にするかを命令し、違う実になると機嫌が悪かった。

紀一の現役時代の斎藤家は、当時としては珍しい西洋料理中心の食生活だった。米食ではなく、バターを添えたパンを主食にするような生活で、スープをソップと発音していた。

そういう環境に育った輝子は、一度もご飯を炊いたことがない。あまり煮るとビタミンが薄れるといって、野菜はゆでない。茂吉は、「おまえのものはしょっちゅうガリガリしたものを食わされる」とこぼしていた。

一九四三(昭和一八)年、長男の茂太と夫人になる美智子との婚約が決まって、両家の顔合わせが銀座の「竹葉亭」であった。戦時中だったために、鰻屋なのに鰻がない。叔父の斎藤西洋が秋川渓谷《あきがわ》あたりで釣った鰻を持ち込んだ。未来の花嫁は胸がいっぱいでうつむくばかり。それを見ていた茂吉は、「ちょっと、ちょっと、そのウナギぼくにちょうだい」といって、美智子の鰻をサッと奪っていった。

昔は、客に来て鰻丼が出ると、奉公人のためにわざと半分残すという習慣があったという。鰻はそれほど高価だった。戦前、茂吉は誰にもあげずに自分ひとりだけのために、しょっちゅう鰻をとっていた。北杜夫は、自分が成人してから鰻が好きになったのは、その欲求不満が原因だろうと分析している。(斎藤茂太・北杜夫『この父にして——素顔の斎藤茂吉』一九八〇年)

大石田《おおいしだ》に疎開している頃、茂吉は、町長から講演の依頼があるといったんは辞退するが、「夕食に鰻、その後銀山温泉」に宿泊するという条件を聞くと、それが本当なら一五分だけ行うと答えている。

食べもののことに真剣になるのは、鰻の例だけではない。

敗戦直後、金山平三《かなやまへいぞう》画伯に差し出された鯉の方が大きく見えて「かえてちょうだい」とかえてもらうと、今度はそちらの方が大きく見えてまたかえて、結局最初に供されたものに戻るということもあった。（板垣家子夫『斎藤茂吉随行記――大石田の茂吉先生』上・下、一九八三年）

一九五二（昭和二七）年、全集が刊行されるが、第一回編集会議が最後の外出となり、浅草の鳥屋「金田」で昼ご飯をとっている。

よく行っていたのは、短歌研究者の小野昌繁が新宿の西口で開いていた「武蔵野」という鰻屋である。北杜夫の卒業祝い、文化勲章のお祝い等もそこで行った。

鰻を扱った歌から茂吉の辿《たど》った人生が見え隠れする。

ゆふぐれて机のまへにひとり居りて鰻を食ふは楽しかりけり（『ともしび』一九五〇年）
これまでに吾に食はれし鰻らは仏となりてかがよふらむか（『小園』一九四九年）

戦時中は、鰻の保存食を押し入れにストックした。戦後、その缶詰・瓶詰はむなしく残る。

十余年たちし鰻の瓶詰をしみをしみてここに残れる　（『つきかげ』一九五四年）

いつの間にか味覚が変わり、好物が受け入れられなくなって、老いの境地を迎えていく。

ひと老いて何のいのりぞ鰻すらあぶら濃過ぐと言はむとぞする　（『つきかげ』）

「俺は鰻を食うと元気が出るんだ」「俺はえやす（卑しい。食いしん坊の意）でなっす」。晩年の茂吉は、板垣家子夫《いたがきかねお》にそう言ったという。

一九五三（昭和二八）年、茂吉は心臓喘息により亡くなった。満七〇歳九か月。有言どおり、太く短い生だったのだろうか。

少なくとも、鰻に執着して追い求める「えやす」は、茂吉にとってのアイデンティティの証だった。そしてそれは、歌人として医者として生きることを奮い立たせる起爆剤のひとつだったのではなかろうか。

高村光太郎——食から生まれる芸術——

たかむら・こうたろう　一八八三〜一九五六

明治一六年三月一三日生まれ。ロダンの影響をうけ、三九年から欧米に留学。帰国後、彫刻・絵画の制作をおこない、また「パンの会」に参加して美術評論、詩を発表する。昭和一七年、詩集『道程』で芸術院賞。昭和三一年死去。七三歳。東京出身。東京美術学校（現東京藝大）卒。詩集に『智恵子抄』、彫刻作品に「手」など。

「食」の「青銅期」

高村光太郎は、一八八三（明治一六）年三月一三日、東京市下谷区西町（現台東区）に木彫師高村光雲、金谷氏わか（とよ）の長男として生まれた。祖父は香具師《やし》の取りまとめをしていた。

昔飲んだ薬草が現在は薬草酒になっているという、ちょっとおしゃれな話である。

昔の言葉で「虫が強い」といって、いつも苦い薬を飲まされていた。いまでも奇応丸という薬の味は舌に残っているようだ。庭に生えている虎耳草《ゆきのした》の薬は塩でもんで、よくその汁を飲まされた。お蔭で、今でもあの味は好きである。アトリエの庭なんぞにあると、ついつまんできて、一寸《ちょっと》塩を入れてもみ、食前なんか飲むと食欲がでるくらいである。あのにおいはなかなかよくて、わたしには一種のアペリティフともいえよう。あれにジンか何か割ったら一寸乙なものだと思う。

（「わたしの青銅時代」一九五四年）

ところが光太郎は、少年時代が貧しかったと強調している。

そのころ、母がわたしにくれた唯一の栄養は、鰹節をけずって、それを一合ぐらいのお湯で段々に煮て、盃一つくらいにまで煎《せん》じつめ、ちょっと塩を落したものを毎日飲まされたものである。残ったかすは乾してデンプにして食べた。母のくれた栄養物はそのくらいで、ほかには何もなかった。本当に限られたもので、どうして生きて来たのだろうと驚くくらいであった。たたみ鰯なんかばかり食べて、たまに塩鮭などが出ると、大変な御馳走に思えた。そんな貧しい生活がわたしの少年時代であった。

多くの家庭が、なんらかの事情で経済的に苦しいときもあるだろう。光太郎は、貧しかったことを繰り返し文章にしている。しかし、引用した一節には、たとえ貧しくても「栄養物」に工夫をこらしてくれた母への想いが表れていると思われる。

さて光太郎は、東京美術学校彫刻科（木彫）を卒業し、一九〇六（明治三九）年から海外留学をする。アメリカに渡って、アカデミー・オブ・デザインの夜学に通う。翌年、イギリス、次年にフランスに移り、イタリアも旅する。金銭的な余裕はなく、多くは自炊だった。しかし、肉とジャガイモとパン（クロワッサン）の洋食、珈琲と紅茶との本場の味を知ることになる。次の談話からも充実した留学生活だったことと、舌が肥えたことも窺われる。

パリにいた時も、たとえばロダンの大きいいい本を一冊買うと、その日は断食なんだ、ほとんど。栄養物が食えないでパンばっかり食ってたりね。フランスのパンはうまいから他になんにも要らないくらいです。

（「芸術よもやま話」一九五五年）

ビールも留学中に親しんだのだろうか。ビールののどごしのうま味を表現している。

一杯ぐつとのむとそれが食道を通るころ、丁度ヨットの白い帆《ほ》を見た時のような、いつでも初めて気のついたような、ちよつと驚きに似た快味をおぼえる。麦の芳香がその時嗅覚の後ろからぱあつと来てすぐ消える。すぐ消えるところが不可言の妙味だ。

（「ビールの味」一九三六年）

帰国後の光太郎は、「パンの会」に入り、享楽的・退廃的な生活を送っている。娼妓若太夫との恋愛もあった。

次はその頃に書いた詩「夏の夜の食欲」である。

浅草の洋食屋は暴利をむさぼつて／ビフテキの皿に馬肉《ばにく》を盛る／泡のういた馬肉《さくら》の繊細、シチユウ、ライスカレエ／癌腫《がんしゆ》の膿汁《うみ》をかけたトンカツのにほひ／……

私の魂は肉体を脅かし／私の肉体は魂を襲撃して／不思議な食欲の興奮は／みたせども、みたせども／なほ欲し、あへぎ、叫び、狂奔する

（『道程』一九一四年）

長沼智恵子とは、このような時期に、出会った。

智恵子との「愛」そして「食」

長沼智恵子は、日本女子大学校家政学部を卒業後、太平洋画会研究所に通っていた。一九一一（明治四四）年、柳八重（旧姓橋本）に紹介を依頼して、光太郎のアトリエを訪ねている。翌年には、平塚らいてう等が創刊した「青鞜」の表紙絵を描いた。

故郷二本松の医師と結婚話が進んでいたが、銚子犬吠埼《いぬぼうさき》、上高地にいる光太郎を追って、一九一三（大正二）年に婚約。翌年、結婚披露をしたが、婚姻届は双方の話し合いにより出されなかった。光太郎三一歳。智恵子二八歳だった。

一九二九（昭和四）年、実家が破産し、一九三一年頃から精神変調のきざしがあらわれはじめる。

光太郎がちょうど「時事新報」夕刊にスケッチ入りの「三陸廻り」を連載するために家

をあけた頃のようである。たとえば女川にて。

女川《おながわ》ホテルで嚙みでのある様な新らしい鮪《しび》のさし身で昼食を喰ってから渡波《わたのは》の砂浜へ行って夕方まで土地の子供等と遊ぶ。唐キビを十銭買うと七本ある。それを皆で喰いながら私も裸になって歩きまわる。

父光雲が一二歳のとき、金華山神社の宮司の養子にされかけたという因縁もあり、光太郎がのびやかに三陸で過ごしている間に、智恵子の症状に変化があった。

翌年、アダリン自殺未遂。一九三八年、ゼームス病院で肺結核のために亡くなる。遺作となった紙絵は、千数百点に及んだ。

智恵子没後に発表された『智恵子抄』（一九四一年）は、「レモン哀歌」や「あどけない話」等が教科書にもとりあげられていて有名である。

嵐山光三郎氏も『文人悪食』（一九九七年）でとりあげているが、「晩餐《ばんさん》」では、「食」と「性」とを芸術に昇華した愛の記憶が表現される。

暴風《しけ》をくらつた土砂ぶりの中を／ぬれ鼠になつて／買つた米が一升／二十四銭五厘だ／くさやの干《ひ》ものを五枚／沢庵《たくあん》を一本／生姜《しようが》の赤漬／玉子は鳥屋《とや》から／海苔は鋼鉄をうちのべたやうな奴／薩摩あげ／かつをの塩辛／湯をたぎらして／餓鬼道のやうに喰ふ我等の晩餐／……

われらの晩餐は／嵐よりも烈《はげ》しい力を帯び／われらの食後の倦怠は／不思議な肉慾をめざましめて／豪雨の中に燃えあがる／われらの五体を讃嘆せしめる／まづしいわれらの晩餐はこれだ

光太郎自身が、次のように回想していたことも思い出しておきたい。

彼女がついに精神の破綻《はたん》を来すに至った更に大きな原因は何といってもその猛烈な芸術精進と、私への純真な愛に基く日常生活の営みとの間に起る矛盾撞着の悩みであったであろう。

（「智恵子の半生」一九四〇年）

家の中に二人の芸術家がいた。愛のありかたや妻としての規範に封じ込められて芸術を創造できずに葛藤していた者と、それに気づきながら、ついにはその苦しみから救うことのできなかった者である。

光太郎の芸術は、智恵子の半生のおかげで開花した。換言すれば、その芸術は、智恵子のいわゆる犠牲によっても成り立った。

「第一等と最下等」の料理を知る

「へんな貧」という詩がある。光太郎の〈食〉に対する考え方が窺われる。

この男の貧はへんな貧だ。／有る時は第一等の料理をくらひ、／無い時は菜つ葉に芋粥。／取れる腕はありながらさつぱり取れず、／勉強すればするほど仕事はのび、／人はあきれて構ひつけない。／物を欲しいとも思はないが／物の方でも来るのをいやがる。／中ほどといふうまいたづきを／生れつきの業《ごふ》がさせない。／妻なく子なきがらんどうの家に／つもるのは塵と埃と木片《こつぱ》ばかり。／袖は破れ下駄は割れ、／ひとり水をのんで寒風に立つ。／それでも自分を貧とは思へず、／第一等と最下等とをちやんぽんに／念珠のやうに離さない。

（一九三九年）

この「第一等と最下等」については、本人が語っている。

懐に食うだけのものを持ってる時はうんと食うんです。僕はだから最上と最下等とが一緒になってる。僕の詩に「へんな貧」というのがあるでしょう。それはそのことなんで、ごく上等の物を知らなくっちゃつまらないと思いますな。だからそういうチャンスがありゃ最上の物を味わってみる。そうかと言って最下等の物もいやじゃない。平気なんですね。それだからうまくゆくんですね。

（「芸術よもやま話」）

ほどほどで満足するのではなく、「第一等と最下等」の料理をも知ってこそ、「食」の総体＝真実を知る。

そういう食べものへのこだわりも、光太郎の芸術の創造へ連なっていった。

「食」から芸術へ

一九四五（昭和二〇）年、アトリエが空襲にあい、光太郎は、岩手県花巻町の宮沢清六

（宮沢賢治の弟）方に疎開する。しかし、花巻までも空襲を受け、花巻郊外の稗貫《ひえぬき》郡太田村山口の小屋に移って、農耕自炊生活を送ることとなった。

稗《ひえ》には苦労したが、エンドウ豆、インゲン、ジャガイモはうまくつくれるようになった。また、宮沢賢治が広めた肥料を使って、ホウレン草、大豆、小豆も作っている。茄子、トマトもできた。水野葉舟にもらった「田口菜、キサラギナ、日野菜、セリフオンも立派に出来た」（「開墾」一九五〇年）。

農作業をし、地元の人とも接し、宮沢賢治も行った「新ばし」で、鰻も食べている。

一九五二（昭和二七）年、青森県十和田国立公園功労者顕彰記念碑の彫刻の依頼がきて、裸婦群像の彫刻を造ることを決意し、準備のために帰京する。翌年に、原型が完成され、十和田湖畔休屋御前ヶ浜で裸婦群像の除幕が行われる。

光太郎は、浅草の「米久《よねきゆう》」の歌を残しているように、肉類を好んだが、すでに肺結核に侵されていた。

光太郎は、亡くなる三日前まで日記を書いている。

三月十六日夜ソバ豚

三月十七日夜ソバお煮〆
三月十八日夜玉すし
三月二十六日アイス
三月三十日ハマグリ玉子

光太郎の最期を看取った草野心平も、四月一日には「スワンのブリのスープ」を飲んだことを記しているので、これが口にした最後の食事かもしれない。
最後に「裸形」という詩の一節をとりあげてみたい。

わたくしの手でもう一度、／あの造型を生むことは／自然の定めた約束であり、／そのためにわたくしに肉類が与へられ、／そのためにわたくしに畑の野菜が与へられ、／米と小麦と牛酪とがゆるされる。

光太郎にとって、愛も食べることも、芸術のためにあったといえるのではないだろうか。

北大路魯山人――美食の先駆者――

きたおおじ・ろさんじん　一八八三～一九五九

明治一六年三月二三日生まれ。生家は京都上賀茂神社の社家。書と篆刻《てんこく》で身を立て、古美術、陶芸、料理を研究する。大正一四年、東京麹町に料亭星岡《ほしがおか》茶寮をひらく。のち鎌倉の星岡窯で食器制作をはじめ、志野、備前、織部などの技法をいかした豪放な作風で知られた。昭和三四年死去。七六歳。

美の原初体験

北大路魯山人は、一八八三（明治一六）年、京都上賀茂神社の社家北大路清操、登女の次男として生まれた。本名は房次郎である。

父清操は、魯山人が生まれる前年に自刃（割腹）する。登女が不貞をはたらいて妊娠したことが原因だったようである。房次郎の実の父親は不明。登女は、房次郎の誕生後、出奔した。
房次郎は、農家や巡査の家等で育てられるが、虐待を受けたり、引き取り手の家に不幸が重なったりして、落ち着く場を得ることができなかった。
しかし、魯山人の幼児期の最初の記憶は、三歳の時、養母に背負われて上賀茂神社の裏山へ登った時に見た、山躑躅《やまつつじ》の真っ赤な色だったという。魯山人から幾度となく聞かされたという吉田耕三は、次のように述べている。

「美しい」という強烈な感銘は、房次郎にとってその時「自分はこれからこのような美しいものを生涯追い求めて行きたい」という願望になり、それからは子供心にも「美しいものをこの世に探すために自分は生まれて来たのだ」という信念のようなものになり、その気持が常に支えとなったからこそ、その後普通の子供なら箸にも棒にもかからないような下らない人間に成ったに違いない悲惨な逆境に置かれても、少しも道を踏みはずすことなく来られたのだということである。

（『魯山人の世界』一九八九年）

このような美意識が、後に食の総合芸術を完成させる起源になったと思われる。

魯山人は六歳の時、木版師福田武造、フサ夫婦の養子になり、和漢薬屋に奉公するが、「一字書き」で賞金を得た後、西洋看板描きで収入を得るようになる。そして書家をめざして上洛し、長浜の素封家《そほうか》河路豊吉に出会うことにより、書や篆刻《てんこく》に打ち込める環境を得た。

大正期に入ると、北大路姓に戻す。そして便利堂中村竹四郎と出会い、古美術を扱う大雅堂美術店を共同経営する。古美術の陶器を使った食事を提供し、一九二一（大正一〇）年、会員制の「美食倶楽部」を立ち上げる。魯山人自ら器を焼き、厨房にも入った。そして一九二五年には、中村が社長、魯山人が顧問となり、永田町に会員制料亭「星岡茶寮《ほしがおかさりょう》」を開設。近代の多くの作家達も利用した。

その後、一九二七（昭和二）年より、魯山人窯芸研究所・星岡窯を築窯《ちくよう》して作陶を重ねる。しかし、傲岸《ごうがん》な性格、経営を度外視した金銭感覚により、一九三六年、中村から内容証明で星岡茶寮の顧問を免ぜられて追放されてしまう。

戦後の一九四六（昭和二一）年には、銀座に自作だけの直営店「火土火土美房」を開店。進駐軍の人気を得て、北鎌倉の窯場には三〇〇人ほどの外国人が訪れた。イサム・ノグチも心酔し、魯山人邸に仮寓《かぐう》していたほどである。ロックフェラーの招聘《しょうへい》によりアメリカ各地で展覧会が開かれ、魯山人の名は世界的に広がった。

魯山人が幼時期に見た山躑躅の赤色は、芸術への情熱の色となって、終生燃え続けた。

「欧米に美味いものなし」

一九五四（昭和二九）年、魯山人は欧米旅行中、パリのトゥール・ダルジャンに入っている。一五八二年に創業した、鴨料理で有名な老舗レストランである。

同行した大岡昇平が、次のように記している。

　パリのノートルダムの後の方の河岸にトゥール・ダルジャンといふ有名のレストランがある。ルイ十何世からの店で、出される鴨にはその頃からの通し番号がついてゐる。丸ごと焼いた奴を一旦お客に見せてから、料理場へ下げて、改めて味をつけて出して来るといふ手のこんだことをする。

　それに味をつけることは、余計な手間だ。鴨の持味を殺すやうなものだ。そのまゝ横腹を切つて来いといつたのが魯山人である。

一流の料理屋ともなれば、店の料理で食べさせるのが自慢でもあれば、誇りでもある。フランス料理は殊に味の料理である。それを味をつけないで持つて来いといつたのだから、支配人は驚いた。案内してくれた画家の荻須高徳さんが、東京の一流料理店主だと説明して、やつといふことを聞いて貰つた。魯山人はやおら風呂敷包をひろげて出したのは、醬油とわさびだ。醬油は関西の何とかいふうるさい醬油である。わさびは粉わさびだが、この頃は粉の方がいゝといふ説明である。そいつをガラスの底でこねてゐる白髪の老人を、満堂の紳士淑女は珍らしさうに眺めてる。コックもいつの間にか出て来て、そばにポカンと立つている。ヂイさんの得意や思ふべし。

（「巴里の酢豆腐」一九五五年）

魯山人は、大きな池に大中小の鴨を何千羽も飼っていて、「鴨の食い方、鴨の料理にやかましい」「鴨の研究家」だが「焼き方が気に入らぬ」とも通訳させて「お芝居」をしたことを「すき焼きと鴨料理——洋食雑感」（一九五一年）の中で述べている。「日本を知らない連中」が「一方的な西欧礼賛」で店のいわゆる〈権威〉をつくっていくことが気に入らなかったらしい。

魯山人はこだわりを大切にした。自分の舌を信じた。

魯山人の「お芝居」は、彼の死後、フランス料理が日本料理のよいところをうまく取り入れていく道すじをつくっていったかのようである。

当時の星岡茶寮

一九二五(大正一四)年、赤坂日枝神社の境内において、社長中村、顧問兼料理長魯山人、料理人八人、手伝い四〇人、帳場一〇人を抱える二階建て数寄屋風建築の星岡茶寮が誕生した。

魯山人は、全国のうまいものを最もいい旬に運ばせて、料理した。会員の好き嫌いを記録し、日本料理の伝統を打ち破って、大皿に盛った取り分け料理を供した。それまで膳ごとに並べられた形式から、現在のように一品ずつ料理が提供されるようになったのも、どうやら魯山人からのようである。

魯山人窯芸研究所星岡窯を設立して、器にも贅をつくしたのは前に触れたとおりである。

魯山人らしいイベントは、鎌倉の自宅の星岡窯で開かれた朝飯会である。

招待客は、朝五時に呼び出される。集合すると、四阿詠亭へ行き、大水瓶に氷水を張って冷やした西瓜・白桃・無花果《いちじく》を口にする。それからよしずで囲われた雅器風呂＝大甕浴槽の朝風呂に入る。「浴室」の聯は、魯山人の書である。六時すぎ、松林の中に作られた大露台で一斉に朝食が始まる。客の背の方から朝日が昇ってくるという趣向だったという。

山椒魚の食べ方

筆者は、湯西川温泉で山椒魚を食べたことがある。マヨネーズをつけて食べる方法をすすめられたが、これは日光山椒魚と思われる干物で、漢方薬のようなものだ。

魯山人は、現在天然記念物となっているオオサンショウウオを関東大震災が発生する以前に食べた。

八新の主人公の伝で、頭にカンと一撃を食らわすと、簡単にまいって、腹を裂いたとたんに、山椒の匂いがプーンとした。腹の内部は、思いがけなくきれいなものであった。肉も非常に美しい。さすが深山の清水の中に育ったものだという気がした。それればかりでなく、腹を裂き、肉を切るに従って、芬々たる山椒の芳香が、厨房からまたたく間に家中にひろがり、家全体が山椒の芳香につつまれてしまった。おそらく山椒魚の名はこんなところからつけられたのだろう。

それから、皮、肉をブッ切りにして、すっぽんを煮るときのように煮てはみたが、なかなかどうして、簡単に煮えない。煮えないどころか、一旦はコチコチにかたくなる。

それから長いこと煮たが、一向やわらかくならない。二、三時間煮たが、なお固い。ともかく、長いこと煮て、ようやく歯が立つようになったので、ひと口食ってみたら、味はすっぽんを品よくしたような味で、非常に美味であった。汁もまた美味かった。(中略)

山椒魚はすっぽんのアクを抜いたような、すっきりした上品な味である。(中略)

次の日また食ってみたら、一層美味いのにはびっくりした。長いこと煮てなお固かったものが、ひとたび冷めてみると、ふしぎなことに非常にやわらかくなる。皮などトロトロになっている。そして、汁も翌日のほうがはるかに美味い。

(「山椒魚」一九五九年)

魯山人は、中国の『蜀志《しょくし》』にある「山椒魚は木に縛りつけ、棒で叩いて料理する」という一節に興味をもったらしい。
食べたことのない私達に、いかにもおいしそうだと思わせる巧みな文章である。

魯山人の死の謎

魯山人の死因は、「肝臓ジストマ」（肝吸虫）による肝硬変である。
一説では、大好物だった田螺《たにし》の食べ過ぎと言われている。
しかし辻義一は、次のように回想している。

　困ったのは鱒の腹皮のところの刺身です。富山の神通川の有名な鱒です。鱒にはジストマの恐れがあることを、先生は百も承知の上で「旨いものを食って死ぬなら本望だ」と悟り澄ましておられたように思います。その鱒の腹皮のところも私はお相伴《しょうばん》をさせていただきました。いま思い出してもよだれが出るほど、それは旨いものでした。ちなみに、先生の命とりになったのは結局、肝臓ジストマでした。（中略）この鱒が真犯人のような気がしております。（『魯山人・器と料理――持味を生かせ』二〇〇八年）

魯山人は、語録をのこしている。

好きなものばかりを食いつづけて行くことだ。好きなものでなければ食わぬと、決めてかかることが理想的である。

（「味覚馬鹿」一九五三年）

次のようにも述べている。

ほんとうにものの味がわかるためには、あくまで食ってみなければならない。ずっとつづけて食っているうちに、必ず一度はその食品がいやになる。一種の飽《あ》きが来る。この飽きが来た時になって、初めてそのものの味がはっきり分るものだ。

（「同」）

そして「原料の原味を殺さないのが料理の骨の一つ」だと、素材の大切さをも強調している。

好奇心をもって、丹頂鶴《たんちょうづる》をも食べてみた魯山人である。好きなものを食べ続けて死に至ったのだとしたら、それは、彼が求めていた生き方でもあったのではないだろうか。

平塚らいてう――玄米食の実践者――

ひらつか・らいちょう　一八八六〜一九七一

明治一九年二月一〇日生まれ。四四年、婦人文芸誌「青鞜《せいとう》」を創刊、女性の解放を主張し、新しい女の生き方を実践。大正九年、市川房枝らと新婦人協会をつくり、婦人参政権運動を進める。戦後は反戦・平和運動に力を注いだ。昭和四六年死去。八五歳。東京出身。日本女子大卒。本名は奥村明《はる》。

女性解放運動の先導者

元始、女性は実に太陽であった。真正の人であった。

今、女性は月である。他に依って生き、他の光によって輝く、病人のような蒼白い顔の月である。

偖てここに『青鞜』は初声を上げた。

現代の日本の女性の頭脳と手によって始めて出来た『青鞜』は初声を上げた。

女性のなすことは今は只嘲《ただあざけ》りの笑を招くばかりである。

私はよく知っている。嘲りの笑の下に隠れたる或ものを。


一九一一（明治四四）年九月、創刊した雑誌「青鞜」に掲げられた「創刊の辞」の冒頭部分である。


執筆したのは、平塚らいてうである。当時、二五歳だった。

明治期の女性は、いわば「家」を存続させるための子供を産む機械であり、男性に依存して生きざるを得ない存在だった。しかし、女性も一個人として自我をもつ人間である。らいてうは、ここに女性の復権と自我の解放を唱えた。

以後、明治・大正・昭和をとおして、らいてうは力の「男性中心の文化」から「生命の原理」＝「母性」の重要性を主張し、とくに女性と子供の人権尊重、平和運動を展開していった。

平塚明の生涯

らいてうは、一八八六（明治一九）年、東京に生まれる。父定二郎、母光沢《つや》の三女。本名は明。定二郎は、会計検査院院長も務めたエリート官僚である。らいてうは日本女子大学家政科を卒業した。

卒業後は、英語学校に通う。生田《いくた》長江《ちょうこう》と森田草平が、その学生達を集めて開いた閨秀《けいしゅう》文学会に参加。そして妻子ある草平と恋に陥り、二人は塩原温泉奥の尾頭峠へ向かう。ところが、追ってきた警官に保護されて、心中は未遂に終わってしまった。

翌日、マスコミは事件を大々的にとりあげる。らいてうは、スキャンダラスな「新しい女」というレッテルを貼られた。

草平は、師の夏目漱石に促されて、事件をとりあげた小説『煤煙《ばいえん》』（一九〇九年）を執筆する。事件は「煤煙事件」と称されるようになった。

草平には、社会的に庇護してくれる漱石がいた。他方、らいてうは、社会にでる前につぶされたようなものだ。

しかし、らいてうは性差別のある社会に挑《いど》んでいく。黙ってはいなかった。一八世紀イギリスには、女性サロンのブルーストッキングがあった。それにヒントを得た生田長江に女性中心の文芸雑誌の発行をすすめられ、三年間着実に準備をすすめて「青鞜」を創刊した。理論だけではなく、実践力もある。常に歩み続けている。

五年間ほど続く「青鞜」時代には、やんちゃな尾竹紅吉《おたけべによし》（富本一枝）が「メーゾン鴻の巣」で出されたカクテルについて「編集室より」に書いたために、「新しい女、五色の酒を飲む」と新聞に書かれる。また紅吉の伯父尾竹竹坡に、様々な女性の実態を知らなければならないと諭《さと》され、吉原を見学した。紅吉がそれを記者に話したために、「青鞜社の新しい女、男女同権を主張し、吉原妓楼に遊興す」という見出し記事が「東京日日新聞」に掲載される。「新しい女」への非難がおこり、らいてうの家には投石が続く。社員も「新しい女」と呼ばれることを避ける雰囲気が生まれるようになっていった。ところが、らいてうは「編集後記」に「ビールを一番沢山呑むだのは矢張《やはり》らいてうだった」と記した。世間の目を気にしていない。むしろ、らいてうは、社会の圧力やジャーナリズムのあくどい攻撃より、社員の自信喪失と敗北主義の方がいけないと思い、自ら「私は新しい女である」（一九一三年）と名乗りをあげた。

一九一四（大正三）年、旧弊な結婚制度を否定し、画家奥村博史といわゆる事実婚をする。奥村が五歳下であること、自由結婚であること、結婚届も出していないということで、これも「新しい女」批判の対象となった。

一九一八（大正七）年、与謝野晶子とのいわゆる母性保護論争がおきた。論争の複雑な内容をあえて図式化すると、晶子はエレン・ケイの「母性偏重」を批判して、女性には経済的・精神的自立が必要である、国家に対して母性保護を要求するのは依頼主義だと主張。一方、らいてうは、同時代の女性の大部分が経済的自立は困難で、結婚せざるをえない現実を顧みれば、母性を保護せずに女子の経済的独立を唱えるのは机上の空論だと批判。二人の論は平行したまま、女性の解放は、資本主義社会では徹底されないという山川菊栄の主張につながっていく。

一九一九（大正八）年には、愛知県の繊維関係の工場で一二時間労働をする娘たちの実態を見て、婦人労働問題にも覚醒する。翌年、市川房枝達と新婦人協会を結成し、婦人参政権運動も展開していった。

奥村博史との食生活

親の家を出て、らいてうは博史と同棲をすることになるが、質屋通いの経験もした。そういう時期に、母親から「純白の蚊帳《かや》」が送られてきた。

母光沢の影響は大きい。「青鞜」発行の折、結婚資金として貯めていた金を運営費として提供したのは光沢だった。姉を跡取りとして育て上げ、三女の明には自由にさせたいという、母の願いがらいてうをささえ続けてきたのかもしれない。

博史は自炊経験もあったために、料理も達者にやった。しかし、二人とも仕事に気をとられて、鍋をこがすことがあった。それを聞いた伊藤野枝が、二人分作るも四人分作るも同じだから食べにいらっしゃいと誘ってくれた。野枝の家から道路一本へだてた上駒込の借家に引っ越すことになる。

しかし、野枝は何事も徹底しているために、金盥を鍋のかわりにすき焼きをしたり、鏡を裏返してまな板にしたりすることをやりかねない勢いだった。しかも博史は食べものの好き嫌いが激しく、もともと大の肉嫌いの菜食主義なのに、コマ切れ肉のカレーライスやシチューまがいのものが続く。そのために、合同食事は長続きしなかったという。

そこで駒込橋に近い河内屋というめし屋に通うことになる。熱い味噌汁におしんこだけの朝食もでき、ごぼうのきんぴら、蓮根、人参、里芋などのお煮しめ、田楽、豆腐料理等もあり、菜食者にとって好適だったと回想している。(『わたくしの歩いた道』一九五五年)

戦後、ベトナム戦争終結運動を展開していた頃の小林君代宛の葉書にも、野草好きであったことが窺われる。

過日は思いよらず春の野のもの、お心のこもったつくだ煮におつくり下さいまして、わざわざお送りいただき、うれしくうれしくいただきました。今年はとうとう土筆の顔も見ず、いただくことは出来まいとおもっておりましたに、ほんとにありがとう存じます。明治に生れた私は野草へのあこがれがひといちばいで、野ぶき、せり、よめな、つくし、ふきのとうなど忘れられません。ありがと御座いました。

（一九六六年四月一四日）

おいしくいただいたことが伝わってくる。礼状の見本のような文体である。

玄米食の実践

父定二郎はドイツ語の翻訳もする、洋食好きだった。らいてうは娘時代まで、洋食もとりいれた食生活をしていたと考えられる。ところが、博史との共同生活の影響とともに、一九四二（昭和一七）年、茨城県北相馬郡に疎開した経験により、食生活を変えていく必要があったようである。

疎開先では、山羊を飼い、乳をしぼり、チーズを作る等して、自給自足生活に努めた。そして地元の人たちからラッキョウ、梅干し、味噌の作り方を教わり、食へのこだわりを一層強めていった。

戦後創刊された「美しい暮しの手帖」（のち、「暮しの手帖」に改名）第二号に掲載された「陰陽の調和」（一九四九年）では、自身の食生活の実践として「陰陽調和した食べもの」を狙っていて、具体的には玄米を食していることを記している。

もともとは、父定二郎の知人だった石塚《いしづか》左玄《さげん》が唱えた考えから影響を受けたものである。玄米は、陰（カリウム）〇・二〇、陽（ナトリウム）〇・〇四で、その比が五対一、人間にとって最適だという。

料理研究家の中江百合子が疎開先に訪ねて来る。らいてうは玄米で歓迎した。「家の前を流れる利根川のメソ（小さな鰻のこと）の蒲焼、河原の野草のあえもの、自家づくりのおつけ等々といったような食養料理」。中江は、デザートに出た「胡麻じるこ」が気に入った。

陰陽のバランスに気をつければいいので、多くの主婦たちがしている苦労をしていないという。結びは、次のとおりである。

いわゆるご馳走も時には結構だが、わたくしの食卓に、いつもほんとうにほしいと思うものは、塩昆布、胡麻塩、鉄火味噌、小魚の佃煮、大根おろしと海苔くらいなものなのだから。

らいてうは、マクロビオティックも実践していたのだった。

ゴマじるこの作り方

らいてうは読者の要請を受けて、「美しい暮しの手帖」第四号（一九四九年）に「ゴマじるこの作り方」を発表している。手順を簡単に記してみよう。

①黒ゴマを強火で手早く炒る。
②炒《い》ったゴマを泥状になるまですり鉢で擂《す》る。
③ぬるま湯を少しずつ加えて、擂りのばす。
④鍋に移して煮立て、砂糖（できれば黒砂糖）と塩を加える。葛《くず》を入れてもよい。

⑤餅（ゆでて求肥《ぎゅうひ》のようになった餅ならなお良い）を入れて完成。

味・香り・栄養価において、田舎じることは、比較できないほどすぐれていると述べている。

おふくろの味

前に触れた伊藤野枝との合同食事のエピソードが一人歩きしたのか、らいてうには、料理がへただったという印象がある。しかし、孫の奥村直史氏の文章によると、らいてうには家族にしかわからない素顔があった。

声が小さかったことは、らいてう自ら述べていることでもある。身長も一四五センチあるかなしかだったという。疎開先で農耕作業をする前は足が八文（約一九・一センチ）だった。手も小さい。博史が、子供用の手袋しかなく、いいものを買ってあげられなかったと記しているのもうなずける。

直史氏は、らいてうが料理をしているのを見たことがなかった。「おばあちゃんは、料理なんかできないんじゃないの？」となにげなく尋ねると、父敦史氏は珍しく大きな声で返答したという。

「おばあちゃん、料理うまいよ！」と。敦史氏は表情をなごませて、直史氏に食事の思い出を語った。

おばあちゃんは魚が好きだった。よく煮たり焼いたりしてくれた。おばあちゃんは、煮魚を食べたあと骨に湯を注ぎ、スープを飲む〝猫瘦せ〟までして食べることもあった。コンビーフを使ったシチューもあったなー。山芋をおろしたトロロもよく作ったが、あれはおじいちゃんが好きだったからかもしれない。

（『平塚らいてう――孫が語る素顔』二〇一一年）

らいてうは、はにかみやで小さい身体を禅修行で鍛え、よりよい現実の変革を求めて果敢に実践していった。

他方、家庭では、普通のおかあさんの役割も務めた。

敦史氏の発言から、らいてうを信頼し、らいてうの「母性」尊重の思想を最も理解し、受け容れていたのが息子であったことも窺われる。

石川啄木――いちごのジャムへの思い――

いしかわ・たくぼく　一八八六～一九一二
明治一九年二月二〇日生まれ。詩集『あこがれ』で将来を期待されるが、生活のため郷里の岩手県渋民村の代用教員や北海道の地方新聞の記者となる。のち「東京朝日新聞」の校正係の職につき、歌集『一握の砂』を刊行、近代短歌に新領域をひらいた。四五年、貧窮のうちに結核で死去。二六歳。死後、歌集『悲しき玩具』が出版された。盛岡中学中退。本名は一《はじめ》。評論に「時代閉塞の現状」など。

夭折の詩人・歌人

石川啄木は、一八八六（明治一九）年、岩手県南岩手郡日戸村曹洞宗常光寺に生まれた。本名一。父一禎は住職である。母カツは、名士南部藩士工藤条作常房の娘。カツの兄対月は盛岡の名刹《めいさつ》龍谷寺住職で、一禎の師僧でもあった。

啄木が生まれた翌年には、一家そろって渋民村宝徳寺に移る。

啄木は父に懇願して一年早く小学校に入学。神童と言われた。後年の歌集『一握の砂』（一九一〇年）では、その頃の記憶と相対化される現在のかなしみがうたわれている。

そのかみの神童の名の
かなしさよ
ふるさとに来て泣くはそのこと

啄木は盛岡中学に進学する。アイヌ語の研究で有名な金田一京助は、啄木より二学年上である。金田一は、啄木に東京新詩社が発行する短歌誌「明星」を読むようにすすめた。文学に目覚めるきっかけを与えただけではなく、啄木の才能を信じて、終生啄木に金を貸し続けた。

啄木は、一七歳で同中学を中退。試験中のカンニングが二回もばれて、落第が確定していたからである。

文学で身を立てる決意をして上京し、詩集『あこがれ』（一九〇五年）で明星派詩人として認められる。啄木と命名したのは、与謝野鉄幹である。

ところが、一禎が宗費を本山に支払えず、一家は宝徳寺を追われることになったためと結婚のために帰郷。

代用教員、北海道各地で新聞記者等を務め、二三歳の年に上京。小説はなかずとばずで、作歌に専心する。その結果、前に挙げた『一握の砂』で注目をあびるようになった。特に三行書きという方法や内容は、短歌史において革命をもたらした。

しかし作歌活動は短かった。二年後の二六歳の年、啄木は、息をひきとった。

プライド高く育てられ、詩人・歌人としての実績も得た啄木にとって、貧窮とともに帰巣することのできる家＝宝徳寺を失ったことは、大きな心の傷になったと思われる。しかし、その負のエネルギーが文学へと昇華されたことも事実だろう。

幸徳秋水らが処刑された大逆事件に衝撃を受けて「時代閉塞の現状」(一九一〇年)を書いたように、時代を見据え、社会主義思想にも興味を持った。しかし夭折したために、その後の発展が途絶えてしまったのは残念である。

社会生活無能者?

一家が宝徳寺から追われた頃、上京していた啄木は呼び戻され、婚約中だった堀合節子との結婚式を挙げることとなった。

ところが、家族や友人たちは、盛岡に汽車の着くたびに迎えに行くが、啄木は来ない。結果として花婿不在のまま式が行われた。

その頃、啄木は途中下車した仙台で土井晩翠や中学の友人たちと会っていた。高級宿に一〇日程滞在して、詩作や地元の新聞に寄稿したりしていた。仙台を出立した後は渋民村へ寄って、三、四日してから、やっと盛岡で待ちわびていた家人宅に着く。

岩城之徳氏によれば、一家のために仙台で金の工面をするつもりだったがはたせなかったため、盛岡へ行けなかったという（『石川啄木』一九八五年）。はじめはそういう目的だったのだろうが、仙台で新たに借金を増やしてしまったのは啄木らしいといえる。

金田一とは別に、啄木のもう一人の理解者として宮崎郁雨《いくう》がいる。函館の大きな味噌製造所の息子で文学青年だった。のち、啄木の妻節子の妹・堀合ふきと結婚したために、啄木とは義理の兄弟になる。啄木の才能を認め、金を貸し続け、啄木死後も函館図書館に啄木文庫をつくり、遺稿の出版、文学の普及等に尽力した。

その郁雨が発表した「借金メモ」が物議を醸し、啄木は金にだらしない男のレッテルが貼られることになったようである。

下宿・料亭を含む六三人から借りたのは総額約一四〇〇円。現在の金額だと一四〇〇万円以上ということか。たしかに、二〇代の坊やがつくる借金の額ではないかもしれない。しかも、多くが遊興費である。

しかし、おもしろいのは、もし借金をふみたおす気でいたとしたら、啄木は、なぜ事細かに六三人もの人たちから借りた金のメモを残したのかということである。返す気持ちがあったということなのだろうか？

そしてそれ以上に興味がつきないのは、啄木の金銭感覚を知りながらも貸し続ける人々がいたということである。啄木の文才とその文才を支えることを使命として信じた善意の人々がいたということが嬉しい。そういう人々をひきつける啄木の魅力もあったといえそうである。

啄木の好物

啄木はビールが好きだったようだ。

「酒なるかな、酔ふては世に何の遺憾《いかん》かあらむ。我ら皆大に酔ひて大に語り、大に笑ひ、大に歌へり」（「日記」一九〇七年九月一〇日）と函館で友人五人とビール一〇本を飲んだことを記している。また、一九〇九年の正月三日には、金田一京助たちとビールで宴会をしている。また、小樽から釧路に行く時には、途中、岩見沢に住んでいる姉夫婦の家に寄った。「凍れるビールをストーブに解かし、雞を割いて楽しい晩餐を済ました」と日記に記している。久しぶりに会う姉夫婦との団欒のひとときが伝わってくるようである。

日本酒には、ビールとは異なる印象がある。

上京後、日本酒に酔うのは、酔わざるを得ない、関係をもつ女性がらみの時だった。「心に淋しい影がさす」（「同」一九〇八年二月二九日）と記している。

家が寺だったのに、その反動なのか、肉が好きだったようである。日記には、豚汁、牛肉、馬肉等を食べたことが記されている。他に天ぷら、寿司も食べている。

渋民村で代用教員をしていた頃は、朝五時には起きて散歩をする日課だった。妻節子が、朝食をつくって待っている。「田苑の味はひ何物にも較べ難く覚え候、かくて心静かに机に向ひ候、渋茶啜りつゝ此筆を取る」と友人に手紙を認《したた》めているが、朝食の内容は、胡瓜《きゆうり》の漬け物とジャガイモの味噌汁である。質素な内容の朝食だ。が、至福の時間である。

最も好きなものは、蕎麦だったのかもしれない。

渋民村の正月には、友人の家で鶏の汁物等の御馳走を食べ、蕎麦を一六杯も食べたという。

北海道でも東京でも蕎麦屋にしばしば入っている。東京では本郷四丁目のやぶに行っている。

金田一京助とトンカツ、ビフテキをも食べ歩いているので、ハイカラ趣味でもあった。

啄木は煙草も好きだった。詩集『呼子と口笛』（一九一一年）には、「かの煙濃く、かをりよき埃及煙草ふかしつつ」と高級舶来のエジプト産煙草を謳っている。ここにも異国への憧憬があらわれている。

いちごのジャムへの思い

啄木の妹三浦光子は、次のような思い出を書いている。

兄のわがままは、夜夜中でも「ゆべし饅頭」がほしいといいだすときかないで、家じゅうを起こしてしまう。やむなく起きだしてそれをつくってやるというあんばいであった。どんな寒いときであろうと、それが夜中であろうとこの調子であった。この母は、死ぬまぎわのころの兄の病気が少しでも軽くなるようにと、「茶絶ち」をしていたそうだが、（中略）兄が小さいときあまり弱いので、なんとかじょうぶに育つようにと、卵と雞を絶ったとかで、それらを絶対に口にしなかったことを覚えている。これはおそらく母の死ぬまでつづけられたことであろう。

（『兄啄木の思い出』一九六四年）

唯一の男の子としてちやほやされて育ち、わがまま放題だった啄木の様子が窺われるが、母親の愛情が伝わってくるエピソードである。

啄木の臨終の記録として、妻節子は、妹の三浦光子に手紙を出している。

一九一二年四月一二日、節子は、干しアンズの砂糖漬けを購入してくる。啄木はおいしいと言って食べた。

一三日午前三時少し前に「節子節子起きてくれ」というので起きて見ると、汗ビッショリになって、ひどく息切れがするが、これが治らなければ死ぬ、と言って水を飲んだ。そして、「お前には気の毒だった、早くお産して丈夫になり京子を育てゝくれ」ということばを投げかける。

若山牧水と金田一京助を呼んで家に来てもらう。

死ぬ事はもうかくごして居ましても生きたいという念は充分ありました。いちごのジャムを食べましてねー。あまりあまいから田舎に住んで自分で作てもっとよくこしらえようね等と云いますのでこう云う事を云われますとただ〳〵私なき〳〵致しましたよ。

節子が証言しているように、いちごのジャムを通して窺われるのは、啄木のもっと生きたいという思いである。

茶・卵・雞絶ちしてくれた母は、肺結核で三月に亡くなっている。一禎は老い、妻は身重で長女を抱えている。節子とのトラブルで宮崎郁雨からの金銭的援助も途絶えてしまった。家族を思えば、死ぬに死ねないにちがいない。

「田舎」とは、失われてしまった故郷の比喩でもあるだろう。そして家族と過ごす一種のユートピアでもある。

啄木は、同日の午前九時半に亡くなった。

遺された者たちにとっての現実は、重くてつらい。

次女房江を産んだ節子は、函館に移った実家に戻ったが、翌年の五月五日に肺結核で息をひきとった。

節子は、貧窮の中で苦しかっただろうが、啄木の臨終間際のことばで、やっと夫がソトの世界から自分のところ＝ウチの世界にもどってきたことを実感したと思われる。

啄木は最期まで、いちごを栽培する田舎暮らしを夢見る詩人のまま、旅立っていった。

内田百閒——片道切符の「阿房列車」——

うちだ・ひゃっけん　一八八九〜一九七一
明治二二年五月二九日生まれ。夏目漱石門下となり、『漱石全集』を編集。大正一一年『冥途《めいど》』で文壇に登場、独特のユーモアと風刺に富む『百鬼園随筆』で注目された。ほかに紀行『阿房《あほう》列車』、日記『東京焼尽』など。昭和四六年死去。八一歳。岡山県出身。東京帝大卒。別号に百鬼園。

スキダカラスキダ、イヤダカライヤダ

美しくなった東京駅を利用するごとに、旅をこよなく愛した作家内田百閒を思い出す。百閒は、とくに第三列車「はと」がお気に入りの鉄道マニアだった。一九五二（昭和二七）年一〇月一五日、鉄道開業八〇周年記念行事として、東京鉄道管理局旅客課から依頼されて、東京駅の一日名誉駅長になっている。さっそく、「駅長ノ指示ニ背ク者ハ。八十年ノ

功績アリトモ。明日馘首《かくしゅ》スル」と厳しい訓示を著したが、最後に付け加えるのを忘れなかった。『明日馘首』するは、『即日馘首』の誤りではない。明日になれば、私は駅長室にゐない。」百閒らしいユーモアだ。

一八八九（明治二二）年、岡山市の生まれ。生家は、造り酒屋である。文字通り、祖母から猫かわいがりされた。

夏目漱石の『吾輩は猫である』に傾倒し、習作を重ねて「老猫物語」を漱石のもとに送った。第六高等学校卒業後、東京帝国大学に入学し、文学科独逸文学を専攻。漱石門下生となる。

漱石が亡くなる一九一六（大正五）年には、陸軍士官学校独逸語学教授に任官し、海軍機関学校独逸語学兼務教官、法政大学教授と一九三四（昭和九）年まで教職に就く。辞職後は、亡くなる一九七一（昭和四六）年まで執筆に専心。デビュー作は、幻想的、怪異的な世界を綴った『冥途』（一九二二年）である。その独特な作風は『旅順入城式』（一九三四年）まで継承されるが、他方、くすりと笑ってしまうような趣向の、飄逸《ひょういつ》な随筆の領域でも名を成した。俳句も親しんだ名文家である。

琴詩酒の人と称される一方、大食いであり、浪費家で借金地獄の日々を送り、「三畳御殿」にも住んだ。

現代でこそ普通だが、一九五七年の時点で、「猫ヲ探ス」の新聞折り込み広告を第一回三〇〇〇枚、第二回三〇〇〇枚、第三回五五〇〇枚配布、第四回には子供たちにもわかる文体で呼びかけている。物置小屋の屋根から降りてきた野良猫の子「ノラ」が失踪したのだった。「ノラ」を思い出しては涙ぐみ、第二回広告では、発見されるおまじないとして「たちわかれいなばの山のみねにおふるまつとしきかばいまかへり来む」の歌を託している。

鳥も大好きだった。座る場所もないほど、鶯《うぐいす》、目白《めじろ》、四十雀《しじゅうから》等三五羽一籠《かご》に一羽ずつ飼っていたこともある。漱石の弟子たちの集まり「木曜会」に自宅から漱石宅まで文鳥を指にとまらせたまま行き、慣れているさまを得意げに披露した。自称「阿房《あほう》の鳥飼」である。

一九四九（昭和二四）年一〇月二八日、百閒の還暦の祝いを教え子たちが祝ってくれた。翌年、また大騒ぎをしようということになり、新宿武蔵野ビヤホールに総勢四〇人ほどが参集した。昨年、お祝いの会をしているのに、まだ生きているという意味で「摩阿陀会《まあだかい》」と命名。百閒が大ジョッキでビールを一気飲みしてから開会されるのが恒例だった。小田急の重役北村猛徳が仏役を担って椅子に寝転んだり、臨終を宣言する主治医の小林安宅がつきそったりして、百閒の告別式の予行演習がなされた。実際に亡くなる直前まで、摩阿陀会は二一回行われた。

一九六七年の暮れ、芸術院会員に推薦されたが、その断り方も百閒らしい。

○御辞退申シタイ／ナゼカ／○芸術院ト云フ会ニ這入ルノガイヤナノデス／ナゼイヤカ／○気ガ進マナイカラ／ナゼ気ガ進マナイカ／○イヤダカラ

（多田基「『イヤダカラ、イヤダ』のお使いをして」一九七一年）

当時の新聞では、「いやなものはいや」と内定通知を辞退したと報道された。

酒肴《しゆこう》のこだわり

百閒は、大学入学のために上京するが、その後、ほとんど故郷の岡山に帰らなかったようである。

だが、百閒というペンネームは、故郷岡山に流れる百間川からつけられた。望郷の思いは、作品からも窺われる。

『油揚』（一九三五年）は、子供の頃、仲良しだった友達にまつわるエピソードである。読後、自分も作って食べてみたいという気持ちになる。

ある日の夕方、その子を誘ひに行くと、御飯を食つてゐるので、外に待つてゐた。辺りに何とも云はれない、うまさうなにほひがした。

「かかん、これん、一番うまいなう」とその子が云つた。

何だらうと思つて、外からお膳の上を覗いて見ると、油揚の焼いたのを食つてゐた。それなり家へ馳け戻つて、私も油揚を焼いて貰つて晩飯を食べた。

じゆん、じゆん、じゆんと焼けて、まだ煙の出てゐるのをお皿に移して、すぐに醤油をかけると、ばりばりと跳ねる。その味を、名前も顔も忘れた友達に教はつて、今でも私の御馳走の一つである。

百閒は、これを「じょんばり」と称したが、平山三郎は「ジンバリ」と名付けている。鶏肉をバターで炒めた「シャアシャア」とともによく食卓に出たという。「じょんばり」は、戦争で食べ物がない頃に、うまいもの、食べたいものを思い出してとりあげた『餓鬼道肴蔬目録』（一九四四年）にも出てくる。

さわら刺身　生姜醤油／たい刺身／かじき刺身／まぐろ　霜降りとろノぶつ切／ふな刺身　芥子《からし》味噌／べらたノ芥子味噌／こちノ洗い／こいノ洗い／あわび水貝／小鯛焼物／塩ぶり／まながつお味噌漬／あじ一塩／小はぜ佃煮／くさや／さらしくじら／いいだこ／べか／白魚ゆがし／蟹ノ卵ノ酢の物／いかノちち／いなノうす／寒雀だんご／鴨だんご／オクスタン塩漬／牛肉網焼／ポークカツレツ／ベーコン／ばん小鴨等ノ洋風料理／にがうるか／このわた／カビヤ／ちさ酢味噌／孫芋　柚子／くわい／竹の子ノバタイタメ／松茸／うど／防風／馬鈴薯ノマッシュノコロッケ／ふきノ薹《とう》／土筆／すぎな／ふこノ芽ノいり葉／油揚げノ焼キタテ／揚げ玉入りノ味噌汁／青紫蘇ノキャベツ巻ノ糠味噌漬／西瓜《すいか》ノ子ノ奈良漬／西条柿／水蜜桃／二十世紀梨／大崎葡萄《ぶどう》（註　備前児島ノ大崎ノ産）／ゆすら／なつめ／橄欖《かんらん》ノ実／胡桃《くるみ》／椎ノ実／南京豆／揚げ餅／三門ノよもぎ団子（註　みかどは岡山市ノ西郊ニアリ）／かのこ餅／鶴屋ノ羊羹／大手饅頭／広栄堂ノ串刺吉備団子（註　広栄堂ハ吉備団子ノ本舗ナリ）／日米堂ノヌガー／パイノ皮／シュークリーム／上方風ミルクセーキ／やぶ蕎麦ノもり／すうどん（註　ナンニモ具ノ這入ッテイナイ上方風ノ饂飩ナリ）／雀鮨（註　当歳ノ小鯛ノ鮨ナ

リ）／山北駅ノ鮎ノ押鮨／富山ノますノ早鮨／岡山ノお祭鮨　魚島鮨／こちめし／汽車弁当／駅売リノ鯛めし／押麦デナイ本当ノ麦飯

さらに「思ヒ出シタ追加」は、次のとおりである。

にんじん葉ノおひたし／りんご／ペリングソースヲカケタかつぶし／かまぼこノ板ヲ搔イテ取ッタ身ノ生姜醬油／白雪糕《はくせつこう》／花胡瓜

先に触れたように、故郷の食べ物を思い出しているのが興味深い。他方、全国のうまいものに目が行き届いていることにも注意したい。

酒好きとはいえ、普段からのこだわりがなければ、これほど思い出して記録するのは難しいだろう。

戦時下の劣悪な食環境でなければ、百閒は、その日に食べたいものを書いたメモをこひ夫人に渡して、夕方からの一献から深夜までの酒肴を楽しんでいた。食事は基本的には一日一回となる。朝は、牛乳一合と英字ビスケット一握り、林檎一顆、昼は蕎麦のもりかかけ一碗とほぼ決まっており、夜に臨んだのだった。

苦くすっぱいスイーツ?

『餓鬼道肴蔬目録』には、シュークリームもとりあげられていた。一九〇七(明治四〇)年、文房具屋で一個四銭か五銭で売っていたのを祖母が一つだけ買ってきてくれて、はじめて食べた。大手饅頭にも目がなかった。

「飲む」という表現でこだわっていたアイスクリームは、同目録にあげられていない。後年、酒を飲むときは下谷の鍵屋、洋食のときは東京ステーションホテル等に通ったが、アイスクリームは、旅行のような家の外で食べるハレの食べ物だったのだろう。列車の中で三つ食べたこともある。私淑した高橋義孝は、レストランでの洋食コースが終わりに近づき、銀器に盛られたアイスクリームが出てきたとき、百閒がチョッキのポケットから小さな瓶を取り出してコルクの栓をぬき、中の液体を高橋のアイスクリームの上へ半分ばかり注いだことを目撃している。百閒は言った。「ジンです。おいしいから食べてごらんなさい」

百閒が、生涯食べられなくなったものもある。

債鬼に追われて、早稲田ホテルという安下宿に逃げ隠れ、執筆する日々を送る時期があった。長男久吉の肺炎が重くなったという知らせで自宅に戻ると、久吉が、高熱の床から、お父さんメロンが食べたいという。さほど重篤と思えなかったために、メロンは高いんだよ、夏みかんにしておきなさいととりあげなかった。ところが三日もたたないうちに病状は悪化した。久吉は、二三歳の若さで亡くなってしまう。その時から百閒は、生涯メロンを口にしないことを誓った。

メロンは、苦くてすっぱい、せつない味になった。

三鞭酒で乾杯

前に触れた高橋義孝は、「実説百閒記――わが師・内田榮造先生」(一九七一年)の中で、次のように述べている。

先生は、何々は何々屋のでなければいけないという伝の美食家ではなかった。手に入る品物で贅《ぜい》を尽すという美食家であった。自分の納得しないものは絶対に口にしなかった。曖昧な料理には妥協しなかった。しかし積極的に『これはまずい』と云って料理の顔を潰すようなこともなかった。逆にこれはうまいとなると、徹底的にその料理につき合った。麹町の鰻屋『秋本』は、先生のお蔭で私はその存在を知ったのであるが、去年だったか、秋本の若いお上さんが私に、先月はぶっ続けに二十九日間蒲焼をお届けしたと云った。二十九日間、毎夜蒲焼を食べるというようなことは馬鹿も馬鹿、大馬鹿でなければ出来る業ではない。大馬鹿は大賢に通ずるから、こう書いても私は心の疚《やま》しいところはない。

百閒は、新年の「御慶の会」も二〇回開いたが、一九六五年からシャンパンで乾杯をするようになった。シャンパンに合う気に入った酒肴は、安いおから、そして馬肉コンビーフの賽の目切りである。

晩年、歩けなくなると、家に呼んだ床屋にも「シャムパン」を振る舞っている。

一九七一年四月二〇日の夕方、百閒はコップに入ったシャンパンをストローで飲んだ。「多いな。（お前が）半分飲めよ」が最期の言葉である。老衰にて死去。八一歳。大往生である。

百閒は、片道切符の「阿房列車」に乗っていった。

久保田万太郎――湯豆腐やいのちのはてのうすあかり――

くぼた・まんたろう　一八八九～一九六三
明治二二年一一月七日生まれ。「三田文学」から出発。大正六年、小説『末枯《うらがれ》』で認められる。昭和一二年、文学座創立に参加。三二年、文化勲章。下町情緒と市井の人々の哀歓を描いた。昭和三八年死去。七三歳。東京出身。慶應義塾大学卒。作品に小説『春泥』、戯曲『大寺学校』など。

下町に生きる

久保田万太郎は、一八八九（明治二二）年、現在の台東区雷門に次男として生まれたが、長男は早世していた。生家は、祖父の代からの袋物製造・販売業である。芝居好きの祖母にかわいがられて育った。

万太郎は、関東大震災まで浅草を離れなかった。郷愁とともに樋口一葉や永井荷風の影響もあって、その文学には、浅草や江戸の言葉がよく使われている。

府立第三中学の後輩芥川龍之介は、万太郎の理解者だった。

万太郎は、落第をして慶應義塾普通部に転校するが、その頃から句作をはじめ、頭角をあらわすようになる。一九一一（明治四四）年には処女作『朝顔』の発表と戯曲が雑誌「太陽」の懸賞に当選、三田派の新進作家として活躍するようになった。『大寺学校』（一九二七年）、『春泥』（一九二八年）等を発表し、新派とのつながりも強いものにする。芥川は彼を「嘆かひの詩人」「浅草の詩人」、水上瀧太郎は「情緒的写実主義」の作家と呼んだ。万太郎は、浅草を主な舞台として滅びゆくものの世界を丁寧に描いていった。

戦後は芸術院会員、日本演劇協会会長等を歴任し、文化勲章も受章するが、家庭生活は必ずしも恵まれていなかったようである。

最初の妻は自死のようであり、長男も肺結核で喪っている。五七歳の時に再婚したかなり年下の三田きみとはそりがあわず、六四歳の時に再会した三隅一子と生活をともにした。

泥酔してつぶれていく一種の無頼的な生活スタイルの底には、彼の孤独と寂寥《せきりょう》感とがあったようである。

苦手なものと好きなもの

万太郎はアンケートに「わたくしのきらひな食物は、うに、からすみ、このわた、しほから。その他酒のみのよろこぶもの一切」（「苦楽」一九四九年）と記している。いわゆる「食通」が好みそうなものばかりだが、魚卵、内臓が嫌いだというのだから、苦手な系統の筋はとおっている。

好きなものは、柳川鍋やトンカツ。家庭料理は、シチューやライスカレーである。自分で作った。

水上瀧太郎作『銀座復興』（一九三一年）では、関東大震災後、焼け野原となった銀座にトタン小屋の飲み屋を開いた「はち巻」とそのランプの下に集う人々がいきいきと描かれている。それを脚色した万太郎も、「はち巻岡田」に通った。女将の岡田こうは次のように語ったという。

いり玉子とかあんかけ豆腐、なすの芥子醬油など、とてもお好きで、味は甘からいものがお好きでした。また貝類はよく召し上がり、柱、平貝のわさび、青柳のつけやきなどがお好きでした。お酒は熱かんがお好きで、おかんのつくのが間に合わぬくらいでした。

（戸板康二『久保田万太郎』一九六七年）

好きだった貝は、次の句にも取り上げられている。

ばか、はしら、かき、はまぐりや春の雪

万太郎は、四四歳の時、いったいどれだけ飲んだら自分が酔っぱらうのか、はち巻岡田へ実験をしに行ったらしい。はち巻岡田は、現在も菊正宗ひとすじである。店のお銚子を一人で三本はあけられないとのことだったが、万太郎は四本あけても平気だった。しかし、五本目を手酌しているうちに、完全に意識を失い、どのように帰宅したのかわからなくなったという。

酒に関わる句もたくさんあるが、たとえば次にあげる句からは、年を重ねていくことへの哀感が伝わってくる。

熱燗のいつ身につきし手酌かな
老残のおでんの酒にかく溺《おぼ》れ

万太郎は、速い献酬《けんしゅう》で酔った。まわりの人たちは、酔うために飲む感じに見えたという。戸板康二は、万太郎の孤独を見出していた。酒が、万太郎の「照れ症やひと見知りを、適度に緩和した。酒に救われたのである」(『同』)と述べている。

左党《さとう》だったのは間違いないが、甘いものも口にしていた。

随筆「甘いもの、話」(一九二七年)では、昔の浅草みやげは仲見世の「紅梅焼」と「はじけ豆」しかなかったと述べている。ところが、もともとあった浅草の人形焼を「名所焼」と称して襯衣《シャツ》一つの男が実演販売をしたのがパンの木村屋であり、人気が出たために他の店も模倣するようになったという。万太郎は同著で、若い人たちの間で言う「汁粉を〈飲む〉」は味わう感じがしないので、汁粉を「喰ふ」あるいは「喰べる」ではないかと疑義を発している。

戯曲『短夜』(一九二六年)では、大酒飲みで暴れる夫が「一ぱい五銭のアイスクリームを売つても親同胞にひもじい思ひはさせない」ようになったら、妻によりを戻すかどうかを問う場面が印象的だが、万太郎はアイスクリームを「飲む」と言うことにもこだわっている。

アイスクリームというもの、わたしは、子供の時分、氷屋ではじめてその存在を知った。……ミルクセーキとともにはじめてその味を知った。……なればこそ、わたしは、氷じるこなみに、氷あずきなみに、氷白玉なみに、氷いちごなみに、氷れもんなみに、それを「飲む」といいなしたのである。　（「アイスクリーム」一九二九年）

かき氷といえば、万太郎が日本放送協会の演芸課長兼洋楽課長だった頃のエピソードを山川金之助が伝えている。万太郎は早起きだったが、その頃の課員は、出勤時刻にルーズだった。そこで万太郎は、「午前十一時までの出勤者三名まで氷水を呈上する　課長」という貼り紙を出した。ところが氷水は、課長と給仕が一杯ずつ飲み、あとの一杯は溶けてしまったという。

下町にある通った店

万太郎の文学には、自分自身をモデルにしたと読者が明らかにわかるものは少ない。『寂しければ』(一九二六年)も、下町に生きる薄幸な商家の人たちの運命と人情を描いたものである。しかし、文学の舞台は、自分が生まれ育った浅草や、親子三人で暮らした日暮里等の体験が活かされている。主人公の「わたし」が、俳句の宗匠とその弟子の近況を友人から聞くところは、根岸の「笹乃雪」だ。近代小説の嚆矢といえる二葉亭四迷作『浮雲』(一八八七年)にも、実名で出てくる店である。

随筆『浅草の喰べもの』(一九四八年)では、万太郎の通った店が列挙されている。多くの店が今も暖簾《のれん》を出しているのが嬉しい。

「料理屋」……「草津、一直、松島、大増、岡田、新玉、宇治の里」
「鳥屋」……「大金、竹松、須賀野、みまき、金田」
「鰻屋」……「やっこ、前川、伊豆栄」
「天麩羅屋」……「中清、天勇、天芳、大黒屋、天忠」

「牛屋」……「米久、松喜、ちんや、常盤、今半、平野」
「鮨屋」……「みさの、みやこ、清ずし、金ずし、吉野ずし」
「蕎麦屋」……「奥の万盛庵、池之端の万盛庵、万屋、山吹、藪」
「汁粉屋」……「松村、秋茂登、梅園」

「嘗《かつ》ては鯖の押鮨を以て聞えた店」と紹介されたのは弁天山美家古《みやこ》鮨である。現在は、五代目内田正氏が細工に技が光る正統江戸前寿司を握っている。

余談だが、筆者は、生前の四代目内田榮一氏から話を伺ったことがある。万太郎が三隅一子と寿司をつまんでいるところをきみ夫人に見つかりそうになったら逃げられるように、表の玄関と逃げ道になる裏口とを常に注意していたらしい。ところが、このような配慮にもおかまいなく、〈久保万〉は、飲食代を払うことはなかった。先代が「ご自分が店に通うことでの〈広告代〉と思っていらしたようですよ」と愉快そうに話していらしたのが懐かしい。ちなみに万太郎を師と仰ぐ詩人の狩野敏也氏は、浅草では、どちらの女性を応援するか愛人派と本妻派と大別されていたとおっしゃる。万太郎の替わりに犬を散歩させると、犬が勝手に歩こうとする。犬に牽かれていくと、そこは女性宅だったという話もあった、と楽しそうに語っていらしたのも印象的である。

万太郎は周りの人たちにとって〈困った人〉だった。しかし、俵元昭が「大勢の人が彼の周囲に集って来た。迷惑のかけ方がうまかったというべきなのでしょうか」（『素顔の久保田万太郎』一九九五年）と述べているように、万太郎を追懐する人々には、あたたかい思いとまなざしとがある。

絶命のきっかけとなった赤貝

万太郎は、七三歳の誕生日だった一一月七日、辻留において、自分の死後、いっさいの著作権を慶應義塾大学に贈与すると宣言した。そして、法の庇護《ひご》を受けられない人の身の上に何かあった場合には、よろしく頼みたいという旨を池田弥三郎、川口松太郎たちのいる前で言った。一子を示唆している。

ところがその一か月後、一子が脳卒中に襲われ、手術の八日後に亡くなってしまった。通夜で、泣き崩れる万太郎が目撃されている。

一〇日程たち、「金兵衛」で行われた銀座百店会の忘年句会で作った句。

湯豆腐やいのちのはてのうすあかり

万太郎は「いのちのはて」にある「うすあかり」の渦中にとびこんでいきたかったのだろうか。彼は酒をあびるように飲んでいく。

一子が亡くなってほぼ五か月後の一九六三（昭和三八）年五月六日、万太郎は画家梅原龍三郎邸で開かれた美食会に出席した。その日、中村汀女の主宰する俳誌「風化」の一五周年記念会、そして「春燈」同人の入院している慶應義塾大学病院へ見舞いに出かけているが、入れ歯を忘れたために家に戻り、嵌めてから梅原邸に赴いている。梅原に勧められてウイスキーを一杯、美濃部亮吉の酌でビール一杯、日本酒三杯を飲んだ。中国文学者の奥野信太郎と並んで座り、寿司職人の出した赤貝を口に入れた途端、万太郎はむせてハンカチで口許をおさえて席を立った。その場で吐き出せばいいのに、はばかりへ行って、処理しようとしたのだろう。廊下に出る。トイレをさがす。ところが間に合わず、大きな音をたてて倒れた。高峰秀子がかいがいしく手当をしたが、救急車で慶應義塾大学病院の病棟室へついたときには、すでに呼吸は止まっていた。解剖の結果、死因は「食餌誤嚥《しょくじごえん》による気管支閉塞」。二〇ミリ余りの気管には、ロール状に丸まった赤貝がぴったり貼りついていたという。

翌日の仮通夜では、川口松太郎が「先生は、なぜ普段食べもしない鮨なんか口にしたんだ」と口惜しがった。

人は、生きるために食べる。しかし、食べたために亡くなることもある。

どちらもせつない。

コラム◉作家の通った店

江戸料理の「はち巻岡田」

（東京都中央区銀座三―七―二一）

通の間では、大阪風なら「浜作」、江戸前なら「はち巻岡田」と言われた。どちらも文人が集まる店である。

二〇一七年の夏、季節感あふれる献立を味わうことができた。鶏のスープに美しくそうめんのように刻まれた葱《ねぎ》と生姜をうかべた岡田茶わん、粟麩《あわぶ》田楽、稚鮎《ちあゆ》のから揚げ、天の川を見立てた滝川豆腐、実蕎麦等々、まさに確固とした味の「はち巻岡田」の品々である。醤油味を特徴とする玉子焼きも酒肴に合うだろう。

店は、一九一六（大正五）年に誕生した。初代岡田庄次とこう夫婦は、料理の素人だったために、研鑽を重ねる。その結果、無口だが腕のいい主人と気配りのきくこうが切り盛りする小料理屋は、実力で銀座にその名を広めていった。関東大震災で被災するが、二人はすぐに掘っ立て小屋を建てて商売を再開する。「復興の魁《さきがけ》は料理にあり」「滋養第一の料理ははち

巻にある」と書いた紙を張った。水上瀧太郎『銀座復興』(一九三一年)のモデルである。

常連客として、岩波茂雄、小林勇、川口松太郎、山口瞳、小泉信三、河上徹太郎、吉田健一、阿川弘之、岡本一平、岸田劉生等々、錚々たる文化人たちが集まった。

久保田万太郎は店にて「一人猪口《ちょこ》ふくみて夏の夕べかな」、そして二代目千代造氏が慶應義塾大学を卒業後、初代のもとで修業していたその仲のいい様子を「秋しぐれいつもの親子すずめかな」と吟じている。万太郎は、たまにトンカツを食べても、江戸前はだめだったので、寿司は玉子か海苔巻きである。はち巻岡田では、煮物、とくにヤツガシラの煮たもの、玉子焼き等を口にしていた。一子夫人が亡くなった後は、淋しさをまぎらわすために外食の日々が続いた。

初代が、関西風の料理屋が銀座の主流になりつつあることに危機感を覚えるようになったことがある。一九三三(昭和八)年、それを聞いた水上瀧太郎が「岡田会」を起ち上げる。二〇一六年秋に創業一〇〇年を迎えたが、会は現在も継続されている。また、三代目幸造氏が茶道に造詣を深めていることから、二〇一六年、茶道に関連する会があらたに誕生した。

一〇〇年の歴史は、岡田幸造『江戸料理の百年　はち巻岡田の献立帖』(二〇一六年)に詳しい。筆者は興味深く拝読して、店を再訪した。実は約二〇年ぶりであった。

以前は知人のお供で行った一見の客に過ぎなかったのだが、やはり直接ご主人からお話を伺うと楽しい。同著の編集者露木朋子氏にもお会いすることができた。幸造氏は、本文で触れなかったエピソードはないかしらと、一生懸命に記憶を辿ってくださった。

『黒い雨』（一九六五年）は、日本より、むしろ海外で評価されている作品のようである。井伏鱒二という作家名も、残念なことに、日本の若い人の間では忘れされつつあるようだ。その晩年の井伏の残像についてである。

幸造氏が大学卒業後、修業を重ねてから「はち巻岡田」の厨房に入られたのは、一九八六（昭和六一）年のことだ。とすると、井伏は少なくとも八七歳以上だったのだろう。店の入り口左手奥に小上がりがある。そこで井伏は小さな椅子に座り、酒を飲んでいた。胸にはやはり小さなエプロンが下げられている。肴《さかな》を食べるが、口からぼろぼろとこぼれている。幸造氏は「今、はっきりと思い出しましたよ」とおっしゃった。

年を重ねると不注意からなのか、手が利かなくなるのか、ものをこぼしやすくなる。小上がりに椅子をもちこんだのだから、足も曲がりにくいか、膝の痛みがあったのかもしれない。体が不自由になっても、「はち巻岡田」で酒と肴を楽しみたかったことがわかるエピソードだ。飲みに行きたい、食べに行きたいと思うような心遣いをつくしたのは店である。

歌舞伎評論家であり、『團十郎切腹事件』（一九五九年）にて直木賞を受賞した戸板康二も常連だった。ある日、二代目千代造氏は、休憩時間にその小上がりで横になり、ラジオの競馬中継を聴いていた。ところが臨時ニュースで、戸板康二が亡くなったことが放送される。父と息子は驚いた。「戸板先生、昨日、店にいらしていたよね」。二人は顔を見合わせた。

確認すると、戸板康二が亡くなったのは、一九九三(平成五)年一月二三日である。前日の二二日は、金曜日だった。戸板康二が、生涯で最後に酒肴を楽しんだ店が「はち巻岡田」だったことになる。

「はち巻岡田」は、作家達の創造力を育む「癒しの場」だったようだ。作家達も「はち巻岡田」を育ててきた。三代目幸造氏のお話から、そう思った。

佐藤春夫——佐藤家の御馳走——

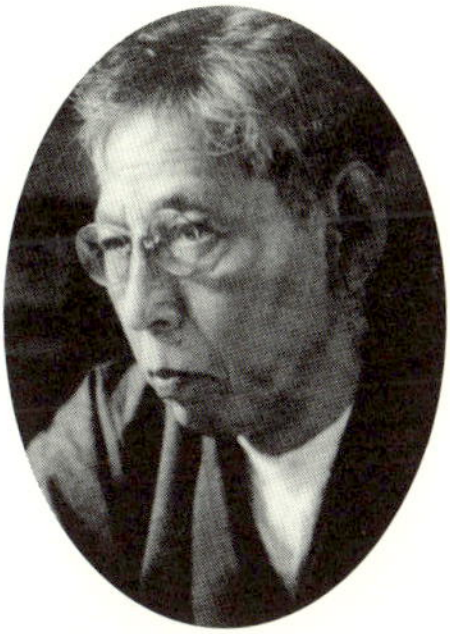

さとう・はるお　一八九二～一九六四
明治二五年四月九日生まれ。「スバル」「三田文学」等に詩を発表、小説『田園の憂鬱《ゆううつ》』で注目される。大正一〇年『殉情詩集』を刊行。また評論随筆集『退屈読本』、中国詩を訳した『車塵《しやじん》集』などがある。昭和三五年、文化勲章。昭和三九年死去。七二歳。和歌山県出身。慶應義塾大学中退。

早熟な文壇デビュー

佐藤春夫は、一八九二（明治二五）年四月九日、和歌山県新宮町（現新宮市）に、開業医豊太郎、母政代の長男として生まれた。

県立新宮中学校に進学した頃は、日露戦争の最中だった。五年生の時に、文学講演会での談話が治安を害する一句があるとの理由で無期停学の処分を受ける。同盟休校の首謀者と疑われるが、なんとか復学して卒業する。

その後、上京して生田長江に師事し、与謝野鉄幹の新詩社に入る。永井荷風から学ぼうと、堀口大學と慶應義塾大学予科に入学するが退学。

しかし二〇代にして「スバル」「三田文学」に詩、「処女」に評論を発表し、油絵も二科展に入選していた。「星座」に発表した「西班牙犬《すぺいんけん》の家」（一九一七年）も好評を得る。

代表作として、新進作家としての地位を得た『田園の憂鬱』（一九一九年）、第一詩集『殉情詩集』（一九二一年。後、『消閑雑詩』と合わせて『佐藤春夫詩集』）、『都会の憂鬱』（一九二二年）等があげられるが、しゃべるようにして書くという新しいスタイルを確立した評論随筆集『退屈読本』（一九二六年）等も大正期の文壇を考える場合、見過ごすことのできない重要な作品である。

学生時代

慶應義塾大学予科に在籍していた頃を思い出して、作った歌の中に次のような一節がある。

若き二十《はたち》の頃なれや

五年がほどかよひしも
酒、歌、煙草また女《をんな》
外《ほか》に学びしこともなし

（「青春期の自画像」一九四八年）

デカダンス的世界を創りあげたかったのか、実際の春夫は下戸である。酒に溺れていたのは、メチャ勝という同級生の方だった。

春夫のお気に入りは、むしろコーヒーとドーナッツである。春夫は、大学に行くと授業には出席せずに、友人と一緒に芝公園に向かい、しばらくすると新橋駅の待合室で一休みしつつ旅客たちの観察をはじめる。そして銀座のカフェーパウリスタに行ってコーヒー一杯にドーナッツでいつまでも雑談に時をうつしていた。

当時は、時事新報社前にあったそうだが、現在も銀座八丁目にある「カフェーパウリスタ銀座店」のことである。金春通りにはプランタンという高級会員制のカフェーもあったが、三田の学生たちはもっぱらパウリスタ派だったようである。一説によると、三田から銀座のパウリスタまで歩いてブラジルコーヒーを飲みながら会話をする、という慶應義塾大学の学生間で使われていた隠語が「銀ブラ」だったという。

春夫は、パウリスタで長居をしてから上野、浅草まで足を延ばすこともあったらしい。健脚である。途中で休みたくなったら、当時の「三越の休憩室へ行けば、お茶もくれるし、ビスケットも好きなだけ食べられる」(『詩文半世紀』一九六三年)とのことなので、ますます友人との会話が弾んだろう。「サボリ」や「ダベリ」の仕方は変わっても、学生のすることは、今も昔もあまり変わらない。

奥さんあげます、もらいます

春夫は、酒を飲まないために使わないですんだ欲望、あるいはエネルギーを詩作という芸術に昇華することができた。が、エネルギーは女性関係の方にも向けられた。

二二歳の時に女優遠藤幸子(川路歌子)と同棲し、二五歳の時に幸子と別れて女優米谷香代子と同棲。しかし、香代子は佐藤の弟と他の男性とも通じていたために、春夫は懊悩《おうのう》し、二八歳の時に香代子と別れる。その間思いをつのらせていたのは人妻だった。谷崎潤一郎から虐げられていることへの同情から愛情を抱くようになった、谷崎の妻千代のことである。ところが、三二歳の時に赤坂の芸妓小田中タミと結婚。六年後には、タミと離婚して、やっと千代と結婚する。公になっているだけでも、このような女性遍歴があった。

谷崎・春夫・千代の三角関係事件のいきさつについては、春夫は「この三つのもの」（一九二五〜二六年）、谷崎は「神と人との間」（一九二三年）という作品にした。そして一九三〇（昭和五）年、三人連盟で新聞紙上に、谷崎と千代が離別し、千代と春夫が結婚することが発表された。「細君譲渡事件」である。その後、一九九四（平成五）年に春夫の書簡が発見され、その資料をも加えて、瀬戸内寂聴は、『つれなかりせばなかなかに――妻をめぐる文豪と詩人の恋の葛藤』（一九九七年）によって、その関係性の真相を伝えた。谷崎は、千代の妹のせい子（『痴人の愛』のナオミのモデル）に手を出して理想の女にしようとし、春夫と千代が関係をもつようにしむけたり、いざ二人が相思相愛の仲と知ると、妻をやらないぞと春夫と絶交したり、譲渡事件一年前には、和田六郎（推理作家の大坪砂男）との結婚を千代に勧めていたという。

女性は男性のペットではない。男性のエゴ満載である。このいきさつを材料として、谷崎は『蓼喰ふ虫』（一九二九年）、春夫はあの有名な「秋刀魚の歌」（一九二一年）を創造した。まさに芸術至上主義といえるだろう。

他方、千代のような女性が、自立的・主体的な恋のできなかった時代でもあった。哀しい。その後、谷崎との間にできた娘と春夫と千代との三人で、仲良く暮らすことのできたことが救いである。

「秋刀魚の歌」

春夫の有名な詩だが、孤独な男性が、旬の秋刀魚の苦いハラワタをもおいしく食べる、単なる食通の詩ではない。

あはれ／秋風よ／情あらば伝へてよ／――男ありて／今日の夕餉に　ひとり／さんまを食《くら》ひて／思ひにふける　と。／／さんま、さんま、／そが上に青き蜜柑の酸《す》をしたたらせて／さんまを食ふはその男がふる里のならひなり。／そのならひをあやしみなつかしみて女は／いくたびか青き蜜柑をもぎて夕餉にむかひけむ。／あはれ、人に捨てられんとする人妻と／妻にそむかれたる男と食卓にむかへば、／愛うすき父を持ちし女の児は／小さき箸をあやつりなやみつつ／父ならぬ男にさんまの腸《はら》をくれむと言ふにあらずや。／／（中略）／あはれ／秋風よ／情あらば伝へてよ、／夫を失はざりし妻と／父を失はざりし幼児とに伝へてよ／――男ありて／今日の夕餉にひとり／さんまを食ひて／涙をながすと。／／さんま、さんま、／さんま苦いか塩つぱいか。／

そが上に熱き涙をしたたらせて／さんまを食ふはいづこの里のならひぞや。／あはれ／げにそは問はまほしくをかし。

（『我が一九二一年』一九二三年）

「青き蜜柑」は、春夫の故郷のものだったら、青いゆず、ダイダイだろう。さんまの苦さ、しょっぱさをきわだたせるためには、甘さより酸っぱさの方が際立つ、いわゆる早生の青い蜜柑でなければならない。

「さんま、さんま、／さんま苦いか塩つぱいか」のフレーズが人口に膾炙している詩だが、発表することに谷崎へのあてつけ、挑戦の意味もあったのかもしれない。

しかし、名詩にはかかわりないのである。

アンチ美食家きどり

春夫は自ら「美食家ではない」と「婦人公論」（一九二七年二月）のアンケートに答えている。

食事の時間は不規則で、二〇時間位食べずにいても平気だった。一日に二食。冬は、一食で、朝六時半から一〇時半位まで時間をかけて食べるらしい。まず牛肉等でご飯を食べ、紅茶を飲みながら菓子（和菓子、羊羹のような濃厚なものが好み）を口にする。その後に玉露を飲み、雑誌を読んでいるうちに、寿司が食べたくなる。好物は、鮪鮓のような赤いもの、脂の濃いものである。

刺身も、故郷でおいしかった鮪や鰹等の赤身に目がない。白身は好きではない。

果物は柑橘類が好きである。次に食指が動くのは柿。歯が悪いために柔らかいものが好きで、樽柿もいい。

好物は、ラッキョウ、梅干し、その他酸っぱいもの。これは母親譲りらしい。ただし、砂糖で甘くした三杯酢のものは嫌いである。

肉類も砂糖を入れない。

しかし、甘いものは大好きである。菓子は一個五銭から六銭位のものを一日に平均四〇銭から五〇銭位宛食べる。汁粉等も三杯位平気である。

辛いものは一向に辛く感じない。

酒は飲めなくはないが、飲んで赤くなるものの、酔わない。酒飲みでもないのに、雲丹、このわた、塩辛というようなものを好む。

茶は四合入り位のものを一度に四、五度かえるほど好きである。

煙草は敷島を一日に三箱。

最も好きなものは、なれ鮨である。郷里の紀州や土佐で造る寒中鯖寿司を石で圧して置き、二週間か二〇日位して発酵させたもので、これだったら一個が相当大きいが、三つ位平気で食べられた。『鮨の作り方』（一九四〇年）では、曾祖父の代から佐藤家で好まれているなれ鮨の作り方が詳しく記されている。

少年の頃は牛肉や魚肉が好きで、野菜が苦手だったが、三五歳位の頃から野菜類を好むようになった。

「わが母の記」（一九五一年）でも、母親の作る塩辛の塩加減と魚の干物の作り方が記されている。

食べ物についての作品は少ないようだが、春夫は美食家きどりの似非美食家を嫌ったために「美食家ではない」と述べたようである。

好きな食べ物に対する強いこだわりがあったことは明らかである。

佐藤家の御馳走

春夫は、食べることがきらいだったわけではない。ただ、おいしいものに目がないことをおもてに出すのを潔しとしなかった。旨いものを求めていたことは、〈食〉にこだわりをもっていた檀一雄が記したエッセイからも窺われる。

佐藤春夫先生がまだ元気でおられた頃は、例年お正月には、鮭の「飯《いい》ずし」を御馳走になったものだ。おそらく、札幌の御令弟のところから、毎年送ってくるならわしだったものだろうが、赤い鮭の身や、イクラをゆがいた「目玉」などが、「飯ずし」の中に混じりあって、目にも口にも、かけがえのない珍味であり、これをいただかないと、正月が来ないような気さえしたものである。

（『わが百味真髄』一九七六年）

檀一雄にとって、御馳走になった「飯ずし」がいかにおいしかったかが伝わってくるような文章である。そこには、おいしいものを食べ、そして食べさせたいと思う春夫の気持ちもあった。

春夫は一九六四（昭和三九）年五月六日、朝日放送の「一週間自叙伝」録音中、「幸福とは」と言いかけて、心筋梗塞のため永眠した。七二歳だった。

コラム◉作家の通った店

銀座のカフェ「カフェーパウリスタ」

（東京都中央区銀座八‐九‐一六）

日東珈琲株式会社の前身「カフェーパウリスタ」は、一九一〇（明治四三）年に創立した。翌年、本店が東京にでき、大阪、名古屋、横浜に支店が設けられる。

その二年前の一九〇八年、日本人のはじめてのブラジル移民七九三人が「笠戸丸」に乗り込んだ。この移民船の団長が水野龍であり、「カフェーパウリスタ」の創設者である。

ブラジル政府は、日本人のブラジル移民が実直であることに感心し、今後、日本におけるコーヒーの販路拡張のために、一二年間、年七〇キロ入りのコーヒー七二一五袋（時価約三五万円）を無償供与することを前提に、合資会社設立に伴う珈琲店を設置する契約を水野と締結した。このような経緯で、「カフェーパウリスタ」が誕生した。

最初は、現在のフェラガモ銀座本店の裏あたりにあったが、一九一一年には現在の交詢社ビル前に移転する。朝日、読売、時事新報等の新聞社や外国商館等が立ち並ぶ立地でもあり、知識人・文化人の通う評判の店になった。一九一三（大正二）年には、延べ二〇〇坪程の三階建て洋館に改築し、美少年が銀の盆に水の入ったグラスとたっぷりコーヒーの入った白いカップを乗せて給仕する、一層おしゃれな店になった。

「もり、かけ、銭湯三銭」という時代に、本格的ブラジルコーヒーが五銭で飲むことができる。営業時間も朝九時から夜一一時までである。廉価《れんか》で営業時間が長いのだから、足繁く通いたくなるのは当然だろう。一般客のみならず、新聞社、出版社等が作家との打ち合わせ等の応接室がわりにも使うので、一日四〇〇〇杯売れたという。

日東珈琲株式会社元取締役社長で、『日本で最初の喫茶店「ブラジル移民の父」がはじめた——カフェーパウリスタ物語』（二〇〇八年）を上梓した長谷川泰三氏から話を伺うことができた。

同氏は、同著の中で、常連客だった作家をすでに列挙なさっている。毎日通った作家は、佐藤春夫、瀧井孝作、宇野浩二等々。とくに永井荷風が主宰した「三田文学」の同人のたまり場であったことを指摘している。「銀ブラ」も、銀座をぶらぶらするが語源ではなく、慶應義塾大学の学生たちが、銀座で（カフェーパウリスタの）ブラジルコーヒーを飲む、の意味から生まれたという。

同氏は、目を輝かせながら芥川龍之介の死について語られた。芥川は、カフェーパウリスタの鏡で自分の顔を見たことがきっかけで自殺をしたのではないか、というのが同氏の説である。

帰宅後、芥川の晩年の作品を早速読み返してみた。『或阿呆の一生』の「三十九　鏡」では、次のように記してある。

彼は或カッフェの隅に彼の友だちと話していた。彼の友だちは焼林檎を食い、この頃の寒さの話などをした。彼はこう云う話の中に急に矛盾を感じ出した。

「君はまだ独身だったね。」

「いや、もう来月結婚する。」

彼は思わず黙ってしまった。カッフェの壁に嵌めこんだ鏡は無数の彼自身を映していた。冷えびえと、何か脅すように。……

全集の注にとりあげられてはいないが、「或カッフェ」とは、長谷川氏のおっしゃるとおり、カフェーパウリスタのことだろう。現在の店も、たくさんの鏡が壁にかけられている。

芥川の自死のきっかけは、完璧な芸術を求めていたこと、文壇の流行に敏感だったこと、義兄の自殺等複数考えられるのであり、カフェーパウリスタの鏡が一因であるとしてもおかしくない。少なくとも、「無数の彼自身」が鏡の中に見えること自体が、芥川の心の闇のあらわれだと思われる。

「青鞜」の女性たちが、二階にあった、原則として男性の入室を禁じている婦人室（レディスルーム）をよく利用していたことも興味深い。

婦人室と隣室とをしきる緑色のカーテンは、制約のある日常から自由な発想・発言が許される世界の境界のようである。中央には「白い大理石張の円卓」「円鏡」があり、「絵」も飾られ、「切子形の電灯」がともる部屋だったという。

現代でも、女性の団体がちょっとした会に使えるような店を探すのにひと苦労である。味がよければいいというものでもなく、やはり「おしゃれ」な雰囲気のある場も要請される。大正という時代に、カフェーパウリスタは、すでにその条件を満たしていた。

そればかりではない。現代の「共謀罪」の危険性が心配されているように、集団・団体で結集するだけでも、主義・思想が調べられ、弾圧もあった時代である。もちろん、女性消費者の拡大という目的もあったにちがいない。しかし、「新しい女」というだけで、眉をひそめる輩がいたような時代である。店の評判が悪くなる可能性もあっただろう。

女性が話しやすい場をあえて提供した店の方針には、強い決意と努力が必要だったと思われる。水野龍には、海外の情勢に目を向けた広い視野と先見の明があった。コーヒーが「食」の文化的表象の一嗜好品《しこう》であるように、カフェーパウリスタも近現代の文壇を形成する一助を担ってきたといえるのではないだろうか。

獅子文六――「わが酒史」の人生――

しし・ぶんろく　一八九三～一九六九
明治二六年七月一日生まれ。パリで演劇を研究。大正一四年、帰国して近代劇の翻訳や演出を手がける。昭和一二年岸田國士《くにお》らと劇団文学座を結成。かたわら『てんやわんや』『自由学校』などのユーモア小説や半自伝小説『娘と私』などを発表した。昭和四四年死去。七六歳。神奈川県出身。慶應義塾大学中退。

大食漢の作家「獅子文六」の誕生

獅子文六は、一八九三（明治二六）年、横浜弁天通の岩田商会に生まれた。父茂穂は、福沢諭吉の弟子である。絹織物の店は、グランドホテルとオリエンタルホテルの中間位のところにあった。居留地だったので顧客も「異人サン」ばかりである。「子供の国の国語」（子供同士でなければ通じない言語のこと）でもって、「異人の子」からクリケットを教えてもらうような環境だった。

グランドホテルの裏に「ユダヤ人のベーカリィ」があった。「愉しい記憶」が綴られている。

初めてシュウ・クリームを食った時の驚異というものは、震天動地的なものである。こんなウマいものが世の中にあるかと思う。羊羹、最中、饅頭のたぐいは、敝履《へいり》のごとく、蹴飛ばしたくなる。私らの父兄が、自由民権思想に初めて接した時にも、恐らくシュウ・クリームと同様な、魅力を感じたに違いない。（「故郷横浜」一九四三年）

もちろん、大人になってからの表現だが、シュークリームと自由民権運動が結びついてくるところに、獅子文六らしさが窺われる。

子供の頃から、関内にある西洋亭で西洋料理を食べていた。出前もとった。お気に入りは、コロッケである。俵形だが、小指の一関節ほどの細さだった。

一四、五歳の頃、西洋亭のコース料理の一三皿を食べたことを記している。前菜のない、スープと魚・肉のコース料理一〇皿と、ハムサラダ三皿である。さすがに、ノドまで食物がつかえるという感じだったが、外で三〇分ほどキャッチボールをしたら、じきに胃の軽快を感じたという。

慶應義塾大学を中退後、一九二二（大正一一）年、フランスに渡り、近代演劇を学ぶ。フランス人と結婚し、二五年に帰国後、女児を得るが、妻は病死する。富永シヅ子と再婚し、子供を育てる経緯が後の小説『娘と私』（一九五三年）に結実する。だが戦後、シヅ子も病死し、一九五一年、吉川幸子と三度目の結婚をすることになる。

戯曲の翻訳、演出、評論を手がけ、ユーモア小説を雑誌・新聞に連載して好評を博するようになった。

転機を迎えたのは、『西洋色豪伝』（一九三三年）である。斎藤茂吉の妻輝子が、次男の北杜夫の性教育用に与えたのが、この本だったというのだからおもしろい。

この時からペンネーム獅子文六を使った。そのいきさつについて、牧村健一郎が『獅子文六の二つの昭和』（二〇〇九年）の中で、次のように述べている。

「獅子文六」は、九九の「四四、十六」にかけたとか、文豪（五）よりひとつ多い文六（六）にした、とか、色豪を書くのだから文豪でなく文六に、などといわれるが、一種の戯作意識、やつしの気分だったのは間違いない。

本人も、以後、このペンネームで貫くことになろうとは思ってもいなかったようである。

一九三七（昭和一二）年、岸田國士・久保田万太郎らと劇団文学座を設立し、演出、劇団の育成に携わり、新劇界の発展に貢献した。演劇の領域では、本名岩田豊雄で活躍する。

戦後、胃潰瘍の手術を受けるが、半年後には、大好物の鮎の塩焼きを二〇尾以上も食べている。よく書く句は、「鮎と蕎麦食いて我老養《わがおいやし》なはむ」である。ドジョウの丸鍋にも目がない。食べる時は、五、六人前だ。好きなものを思う存分食べることに徹底した。

一九六九（昭和四四）年、文化勲章受章。文化功労者となる。

同年、夫婦は朝日新聞社の案内で、斎藤輝子（茂吉夫人）氏と共に、倉敷から三次《みよし》の方へ出かけた。獅子文六は、ここでもたくさんの鮎を堪能する。幸子氏との結婚後の初めての旅は長良川の鵜飼《うかい》であり、最後の旅も鮎を求めてのものだった。

授賞式の一か月後の一二月一三日、頭痛を訴えるので、妻幸子が医者に電話をしたことを告げにもどると、息をひきとっていたという。脳内出血。満七六歳だった。

家での獅子文六

右に記したように、幼時の環境やフランス留学等もグルメ・グルマン獅子文六を形成した。

家の中での獅子文六は、どうだったのだろうか。

それについては、福本信子『獅子文六先生の応接室――「文学座」騒動のころ』（二〇〇三年）でも触れられている。文学座員二九名が離脱して「雲」を結成し、三島由紀夫の『喜びの琴』が政治劇と捉えられて上演中止の運動があったために、三島が劇団を脱退するという時期に、福本氏はお手伝いとして獅子文六の家に住み込んだ。家には芥川比呂志、杉村春子、飯沢匡、三島、小林秀雄たちが訪れてくる。ちょっとした演劇史・文壇史の側面をも伝えている。

朝食は、フランスパンのトースト。ホットミルク。幸子夫人が不在の時は、インスタントコーヒーである。パンには、バター、チーズ、蜂蜜、マーマレードを添える。「玉葱を輪切りにスライスし、水で晒した生のもの。セロリはかじって食べるため、葉を付けた長いままのもの」。大食漢にしては、軽めの朝食である。

しかし、こだわりがあった。

たとえば「魚勘」が御用聞きに来ると、自ら勝手口へ向かい、そうざい物でいいもの、明日まで持ついいものは何かと魚を吟味する。魚勘は、吉川英治宅もまわったが、本人が顔を出すことはなかった。獅子文六は、直接出て来て話したという。

こだわりは、神経質とも同義に近い。

幸子夫人は、新婚の頃、三日続けて同じ魚の塩焼きをさせられ、三日目にお膳ごと放り出されたこともあった。

文六は鉛筆を走らせながら、台所にいる福本氏に注意する。

「ヒサゴは、ちょっと焼けばいいんだよ。昨日のように焼きすぎないように……」

ところどころに焦げ目が付いた状態で皿に盛ると、

「ああ、これも焼き過ぎだ！」

と荒げた声で直言している。

執筆時のストレスが、ヒサゴの焼き加減から伝わってくる。

福本氏が実家から送られてきた南京豆をホウロクで煎りなおしている時も、

「こんなに焦がすとだめじゃないか」

と苦言を吐いた。しかし、ひょいと数個摘みあげて口へ放り込む。部屋でも持っていって食べなさいという夫人に口添えして、

「信ちゃんに缶を出してやんなさい。缶はたくさんあるだろう。缶にいれておけば湿らないだろう」

との気遣いも見せている。

揚げ物まで料理をする男性の作家は少ないだろう。福本氏の前では、料理教室の先生である。

「こんがり色が付くまで箸でいじっちゃぁだめだよ。つぶれるからね。それから、火の通りにくい物と通りやすい物があるからな、……蟹コロッケなどは、中身が生じゃないからすぐ、揚げないといけないよ」

「材料はこうやって、てんぷら鍋の端から滑らせるように入れて、揚がった物は、ゆっくり油を切って引き上げるんだよ」

こんがりときつね色に揚がったカキフライの一個を目の高さまで摘みあげると、

「我ながら、うまく揚げたものだ。……ちょうど美味しい揚げ具合だ」

と満足気に言う。

料理が気分転換になっていたのかもしれない。少なくとも、獅子文六の場合、理論ばかりの評論家ではなく、実践も伴っていた。

グルメのいろいろ

今、一番食べたいものは次の四つだという。

一 ヒジキと油揚げの煮たの。
一 ゼンマイの煮たの。
一 キリボシの煮たの。
一 ナッパの煮たの。

これらは家庭料理なのだが、家庭でも、ましてやプロの料理でも絶品を食することが難しくなってしまった。「想像によって、味覚を充《み》たすほかはない」(「一番食べたいもの」一九五五年)という。

しかし、それはあらゆる店の料理を食べつくしたあとの所感である。

「パリを食う」(一九三七年)は、一種のグルメ店案内のはしりでもあるだろう。古典的な名店「ラ・リュウ」「ヴォアザン」「ラペルウズ」「フォワイヨ」「トゥール・ダルジャン」「プリュニエ」が紹介されている。他方、安い惣菜料理「ヴォウ・ソーテ」(「犢肉の悪いところを、皮つき、骨つきで、ブツ切りにして、白ブドー酒その他で煮込んだやつ」)が、フランスらしい料理という(「わが食いしん坊」一九五五年)。この結論も、経験を重ねた上でのものだ。

その経験値が半端ではない。「角正」の精進料理、「たこ梅」のおでん、「辻留」でのなまこの白和え、京都の黄檗《おうばく》料理、「笹乃雪」のあんかけ豆腐、天ぷら「天政」のかきあげ、特にギンポ等々。

一歩間違えれば、食べ歩きの自慢話になりかねない。その食べものの描写が生き生きと伝わってくるのは、食べものを残すことなどしない健啖ぶりと、技巧に頼らない自然体の文章力だろう。

SNSとも質が異なり、作家は、食べものの記憶を文章で新たに再構築する。

五感と身体をフルに活用する演劇経験も、獅子文六の「食」の随筆にいい影響を与えたと思われる。

「わが酒史」こそ人生

三〇代から四〇代は、いくらでも酒が飲める時代だった。「乱暴な飲み方を続けた」。戦争になって「お定まりの局方アルコールに、手を出した」。疎開先では酒があり、戦後帰京するとヤミ酒、座談会酒があり、カストリの害を蒙《こうむ》らなくても胃潰瘍手術を受けることになってしまった。

この手術を転機として、泥酔するまで飲まなくなった。「飲めなくなったのであろう」。年を重ねるごとに飲み方が変わり、好みも変わってくる。「わが酒史」（一九五七年）では、次のように記されている。

しかし、酒の味は、いつまでたっても、ウマいものである。そして、独酌《どくしやく》の酒が、いっそうウマい。若い時は、対手《あいて》なしに飲んでも、意味なかったが、今は、大抵の男が（女は無論のこと）ジャマである。誰もいない方が、よろしい。もう、沢山は飲めないのだから、ジャマなんかされたくない。

愛酒家でなければ、至らない境地である。
酒の肴の好みが変わってきたことも述べている。

コノワタや、ウルカも昔のように、好きでなくなってきた。いま住んでる大磯は、いろいろの魚があって、結構なのだが、サシミなんて、酒のサカナよりも、飯のオカズにする方が、好きになった。ナマ臭いのである。といって、肉は、もっと、ご免であるから、何を食っていいか、わからない。

皮つきのジャガ芋を、まる茹《ゆ》でにして、塩をつけて食ったら、サカナになった。こんなことは、昔は、想像も及ばぬことであった。

「わが酒史」は、こう結ばれている。酒の肴では、シンプルな茹でジャガイモに塩をつけて食べる旨さを発見することができた。フランス仕込みの舌が、あらゆる珍味や肴を味わった上で得たおいしいものの答えがジャガイモだった。

ただし、次のようにも述べている。

粗食美味論なんてことを、軽々に口外すべきではない。一体、昨日の美味は、今日の美味にあらず。明日は何が好きになるか知れたもんではない。美味求真というが、そんな真があるだろうか。「味覚の生理学」を書いたブリア・サヴァランも、食を論ずること審《つまび》らかであるが、味を論ずるの愚は、避けてるようだ。

（「昨日の美味は今日の美味にあらず」一九五五年）

的を射ていて痛快である。獅子文六の人となりがたちあらわれてくる。

江戸川乱歩――うつし世はゆめ　夜の夢こそまこと――

えどがわ・らんぽ　一八九四～一九六五
明治二七年一〇月二一日生まれ。大正一二年、『二銭銅貨』でデビュー。本格的トリック、奇抜な着想、幻想怪奇趣味などにより代表作『人間椅子』『陰獣』を書く。ほかに『怪人二十面相』など作品多数。昭和四〇年死去。七〇歳。三重県出身。早稲田大学卒。本名は平井太郎。

作家江戸川乱歩の誕生

平井太郎（江戸川乱歩）は、一八九四（明治二七）年一〇月二一日、三重県名賀郡名張町（現名張市）に生まれた。父繁男は藤堂藩士族の出身である。父になる二七歳の頃は役所の書記をしていた。母きくは、元津藩家臣の娘である。まだ一八歳だった。父方の祖母わさは、京都本願寺の寺侍の娘で教養があった。乱歩はお祖母さん子である。乱歩の下に五人きょうだいがいたが、二人は夭折している。

乱歩は幼時の記憶として、祖母に手をひかれてお砂糖屋ごっこをしている年上の少女たちの様子を覗き見したことに触れている。少年時代は病気がちだったが、病床の「氷嚢《ひょうのう》、体温計、苦いけれど甘い水薬」等から「孤独の楽しみ」を味わった。中学から同人誌を作って書きはじめるが、文章を形作っていく活字というモノも愛した。

僕はやがて、父から少したくさんお小遣いをもらって、とうとう活字を買いはじめた。（中略）四号活字が何千本。まだインキによごれていない、あの美しい銀色の活字の魅力がどれほどであったことか。僕はその一つ一つを鉛の兵隊さんをもてあそぶようにもてあそんだ。そしていくつかの活字ケースの中へ、順序よく分類した。この小さい鉛の煉瓦の行列の中に、夢の国への飛行の術が秘められていた。この小さい銀色の拍子木が、幻影の国への鍵であった。

（「活字と僕と」一九二七年）

モノに対する執着は、レンズや顕微鏡、それから映画にも連なっていく。

子供に買ってきたはずの顕微鏡やブリキでできたおもちゃの映写機等を、子供に与える前に自分が夢中になって遊んでいることがあった。晩年も小説の締切日が近くなると、一種の逃避だろうか、八ミリ映写機のフィルム編集をよくしていたそうである。

乱歩がよく色紙に揮毫《きごう》したことばに「うつし世はゆめ 夜の夢こそまこと」あるいは「うつし世はゆめ 夜ぞ現」がある。ペンネームの生まれるヒントとなったエドガー・アラン・ポーとウォルター・デ・ラ・メイアのことばの影響もあるだろうが、夢における現実（リアリティ、あるいは真実）を志向し続けたきっかけは、子供の頃に芽生えていたといえよう。

後年、『幻影城』（一九五一年）、『続・幻影城』（一九五四年）が発表されるが、これらは探偵小説論の集大成である。「幻影」と銘うっているが、自ら日本の探偵小説をきりひらいていくのだという気概が伝わってくるものである。小説という「幻影の国」を創造していくのは必然の理《ことわり》だったと思われる。

転居、転職の達人

しかし、順風満帆の青年期だったわけではない。

友人二人と満州渡航のために学寮を脱走したことが原因で停学処分となる。これは自ら招いた結果だが、父親が興した平井商店が破産し、一家は朝鮮馬山に行くことになった。

高等学校進学を断念。早稲田大学予科に編入し、アルバイト三昧の日々を送ることになる。学費のために、印刷屋で住み込みの植字工をして月五円位稼いだのをかわきりに、就いた仕事は、代議士の宣伝用新聞「自治新聞」で翻訳、文章を書く手伝い、そして借金の取り立て、タイプライターのセールス、漫画雑誌「東京パック」編集長、東京市の社会局、化粧品の製造販売、田谷力三の後援会、商事会社等々。

中でも充実していたと思われるのは、二三歳のときに就職した鳥羽造船所で機関紙編集に従事していた頃である。それでも一年二か月間ほどだった。上京して団子坂の途中に、次・末弟と三人書房という古本屋を開く。その営業不振のために、ラーメンの屋台をひくこともあった。これは一晩でもかなりの収入になったという。鳥羽で知り合った村山隆《りゅう》を呼んで結婚したのはその頃である。

小酒井不木の推奨文つきで処女作『二銭銅貨』（一九二三年）が発表された直後には、大阪毎日新聞社広告部に就職している。当時八〇円の月給が歩合給を入れて六〇〇円になったというのだから笑いがとまらなかったにちがいない。しかし、ここも一年四か月でやめる。専業作家になるためだった。

戦時中、事実上、執筆停止状態にもなっていたことから、乱歩は『貼雑年譜《はりまぜ》』（一九四一～六二年）を作り始める。これはきくの不要になった帯地で表装したものである。生誕以来の資料を貼って、詳細な説明文を加えたものだ。そこに記された自己申告によると、乱歩は実に二七回職を替えたことになる。

引っ越しも四六回行った。最も長く住んだのは池袋の約三〇年間だったかもしれない。飽きやすい性格でもあったのか、乱歩の蒐集、分類、記録欲を満足させるための転職・引っ越しだった可能性もある。少なくとも、転職は強い好奇心のあらわれである。

その結果、『D坂の殺人事件』（一九二五年）、『心理試験』（同年）、『怪人二十面相』（一九三六年）等の代表作が生まれた。

禍《わざわい》転じて福となす。好奇心と多くの経験が、乱歩文学を魅力的なものにした。

描かれた〈食〉

時子は、母屋にいとまを告げて、もう薄暗くなった、雑草のしげるにまかせ、荒れはてた広い庭を、彼女たち夫婦の住家である離れ座敷の方へ歩きながら、いましがたも、母屋の主人の予備少将から云われた、いつもの極り切った褒め言葉を、誠に変てこな気持で、彼女の一番嫌いな茄子の鴫焼きを、ぐにゃりと嚙んだあとの味で、思出していた。

（『芋虫』一九二九年）

戦争で両手両足を失った夫に残された感覚は、視覚と触覚のみである。妻の時子は、芋虫のように無抵抗な夫を虐げることによって快感を得ていた。そのような人間の欲望をあらわにした作品なのだが、嫌いなことばを、嫌いな食べものの茄子の鴫焼きで表現している。「茄子」のかたちの印象が、芋虫と重なる部分もあるだろう。「ぐにゃりと」といったオノマトペも、猟奇的な世界の雰囲気を醸し出すことに成功している。

ソトとウチとの〈食〉

交遊のあった作家山村正夫は、乱歩の飲み方を証言している。

銀座から始まってだいたい四、五軒廻り、次に赤坂に行って、最後に、新宿の青線街にあった朝山蜻一という作家の家に行き、大坪砂男、都筑道夫たちと合流してみんなでワイワイやるのが好きだった。

ある時、道で「あっ、江戸川乱歩がいる」と通りすがりの人に言われて「いや、僕はよく間違われるんで、にせ者だよ」と言ったという。

毎回、「今日は何か面白いことにぶつからないかな」というのが口癖で、帰りには、「また今日も何にもなかったな」とがっかりした顔で言うのが常だったという。

しかし、隆夫人は夫が帰るのを寝ずに待っていたので、乱歩はどんなに騒いで飲んでいても午前四時にはひきあげたらしい。夜と昼とが逆転していた生活だったため、午前四時でも早いご帰還となる。(「座談会 ミステリーの父・江戸川乱歩」一九九四年)

天ぷらも大好物だった。神田神保町「はちまき」では、昭和二二年から探偵作家クラブの会合が、吉川英治、新田次郎たちと開かれた。

甘いものも好きだった。池袋三原堂では薯蕷《じょうよ》饅頭を購入していたという。

一人息子の平井隆太郎氏(立教大学名誉教授)によると、乱歩は、晩年、体が不自由になってもよく食べていたという。「大きな茶碗で非常に早く食う」。「士族の家庭の雰囲気が残っていたのだろうか、「早飯、早糞、早衣装」と言っていた。(『うつし世の乱歩――父・江戸川乱歩の憶い出』二〇〇六年)

朝食は、乱歩の好物の芋粥。隆太郎氏が食べ過ぎると、「飯はゲップが出たらやめろ」と注意したらしい。

隆太郎氏が小学生のとき、乱歩が一度だけ神楽坂の田原屋(夏目漱石も家によく取り寄せていた店）という洋食屋に連れて行ってくれた。乱歩は洋食が好きで、特にビフテキに目がなかった。乱歩はビフテキと言わずに「ビーフステーキだからビステキと言ってました（笑）。中が赤いぐらいのやつがうまいんだと、さかんに通《つう》ぶっていました」と隆太郎氏は回想する。（「回想の江戸川乱歩」一九九一年）

『一寸法師』（一九二六年）を「朝日新聞」に連載し始めたころ、暮らし向きはよくなっていったようだが、父繁男が亡くなったために、きくと自分の妹と二人の弟を神楽坂の家に呼んで世話をしていたために、経済的には豊かというわけにはいかなかったようである。そういうとき、隆夫人は空のお櫃にしゃもじを入れて、書斎のある二階にそれを持って行った。経済状態が非常に悪いというデモンストレーションである。カタカタと音を鳴らしながら二階にあがっていくのだが、たちまち夫婦喧嘩がはじまった。

隆夫人によると、好きな食べものは、凝《こ》った通人ぶったものよりは、玉子焼き、鰻だった。ちなみに着物は結城の渋い味を好み、仕立ての寸法も一分一厘をやかましく言った。気に入った着物を着ていると機嫌が良かったと回想している。（「二様の性格」〈「探偵クラブ」六号「江戸川乱歩氏の横顔」〉一九三二年）

食事は時間を選ばず、食べたいときに仕度《したく》ができていないと気に入らない。幕の内弁当が好きで、よく作ったが、おかずが好みに合わないと、きまって手をつけなかった。そのたびに作り直し、夜中で材料のないときは泣きたい思いをしたという。(『江戸川乱歩全集第六巻』「月報」一九六九年)

大正から昭和にかけて、乱歩は探偵小説を大衆文学という枠に組み入れようとする文壇に異議を唱えた。探偵小説を、「学問(科学=とくに心理学)と芸術」とが融合した「特殊な文芸」と捉えていたのである。

本人もエロティックで猟奇的な、あるいは不可知な世界を創造する芸術家の面と、渉猟し、記録し、論評する学際的な面とを兼ねそなえていたようである。

二〇一五年、「独語」と書かれた未発表の手記が発見された。乱歩は「月極めの通俗探偵小説を先月休載した。今月も危く休みかけてゐる所だ。併しそれでは家計が出来ないから、強いて書かうとしてゐる」と述べ、「私にとつて今、小説作りはおぞましき現実である」とも執筆の苦悩を吐露している。(「日本経済新聞」二〇一五年一〇月一八日付)

食べものに関しては、美食を追求するよりは、自分の食に対する嗜好=規範に則って摂っていたと思われる。食べることはあくまでもうつし世の事象である。

乱歩は、美食も夢という幻影の国=芸術の世界の中で完成しようとしたのだろうか。

コラム◉作家の通った店

神田 天麩羅　はちまき

（東京都千代田区神田神保町一―一―九）

すずらん通りの内山書店の近くに、頻繁に客が出入りしている天ぷら屋がある。

「神田 天麩羅 はちまき」である。玄関横に、総勢三三名の記念撮影写真が掲げられている。「昭和廿七年二月例会　廿七《ママ》会 東京作家クラブ」と記されている。

三代目店主青木昌宏氏の話によると、「神田 天麩羅 はちまき」は、一九三一（昭和六）年、初代の青木寅吉氏が料亭で修業を積んだ上で創設された。物資不足の戦時中は経営が厳しく、一九四三年まで神田富山町で開いていたが、戦後、屋台ですいとん等を提供して、一九四五年、現在の場所に店を構えた。

東京作家クラブの廿七日会の親睦会が、「神田 天麩羅 はちまき」の二階で行われたのは戦後である。佐野周二（俳優。関口宏の父）の義兄である作家笹本寅の紹介だったという。

前述した写真には、田辺茂一、福田清人、笹本寅、長谷健、海音寺潮五郎、江戸川乱歩、青木寅記知（注：寅吉）、佐野周二、江戸川乱歩夫人、佐藤和夫等が写っている。

江戸川乱歩は、現在の店になる以前からの常連客だったそうである。江戸川乱歩夫人の隆が写真に写っているのには理由がある。廿七日会には、いつも作家と同じ数ほどの女優になりたいきれいどころがいた。映画化の際には、作家先生方、ぜひ私を使ってほしい、というわけで増えたらしい。それは、店にとってありがたいことだった。たくさんの女優の卵がかいがいしく動きまわり、店は上げ膳据え膳で楽をすることができた。しかしながら、奥さんはしっかり夫が悪さをしないように見張っていたという。

乱歩は、鳥羽造船所に勤務していた頃、小学校の教員をしていた村山隆と知り合った。乱歩は、作品を隆夫人に読んでもらってから原稿を出版社に送っていたというのだから、作品は一種のコラボレーションでできていると言ってよい。そういうしっかりもののパートナーが廿七日会に参加するのは、当然の権利だろう。青木氏の話から窺える「やきもち」も、ほほえましいエピソードだ。

乱歩は穴子が好きだったようである。店で乱歩を最後に確認できたのは、一九六四年位まででだったという。

その他、吉川英治、井伏鱒二等も常連客だった。

三島由紀夫も豊田貞子とよく来ており、店では、「若林」のお嬢さんと呼んでいたという。穴子海老天丼が一五〇〇円（二〇一八年現在）という廉価な店なので、デートで来ていたのかと思うと、三島が身近に感じられる。

現代作家では、ご主人が知っているだけでも、新田次郎、村上春樹、辻仁成、伊集院静、百田尚樹等が来店している。知人の編集者からも、作家のご指名があって、よく打ち合わせに使うと聞いたことがある。

神保町は、書店、古書店、出版社が立ち並ぶ街だ。「神田 天麩羅 はちまき」が作家たちに愛されたのは、このような環境にもよるのだろう。

宇野千代——手作りがごちそう——

うの・ちよ　一八九七〜一九九六

明治三〇年一一月二八日生まれ。大正一〇年、新聞の懸賞小説入選を機に作家生活へ。昭和一〇年、『色ざんげ』で注目される。三二年、『おはん』で野間文芸賞、女流文学者賞。尾崎士郎、東郷青児との恋愛、北原武夫との結婚・離婚、スタイル社の経営など実生活も波乱に富み、八五歳で刊行した自伝『生きて行く私』はベストセラーとなった。平成八年死去。九八歳。山口県出身。岩国高女卒。

恋に「生きて行く私」

宇野千代は、一八九七（明治三〇）年、山口県玖珂郡（現岩国市）に生まれた。生家は、一九七四（昭和四九）年、千代自身によって修理・復元されている。

宇野家は、代々酒造業だった旧家である。父俊次は分家の養子となったが、本家からの仕送りだけで「放蕩《ほうとう》無頼《ぶらい》」に生きた。生母トモは、千代を産むと二年後に亡くなる。俊次は、年の離れた佐伯リュウと再婚した。千代は、リュウによくなついた。千代の下に、四人の弟と一人の妹が生まれる。

千代は、女学校時代に父の命令で従兄弟の藤村亮一と一緒にさせられたが、長続きしなかった。この頃から投稿しはじめ、卒業後、小学校の代用教員になる。だが、同僚の教員と「熱病のような恋」をして学校をやめさせられる。傷心を抱えたまま現在の韓国へ。

帰国後は、亮一の弟忠が、第三高等学校から東京帝大へ進学したのを機に千代も上京する。雑誌社の帳面つけ等の仕事を経て、本郷三丁目のレストラン燕楽軒でウエイトレスをする。その時に「中央公論」の編集長滝田樗陰を知った。そして久米正雄達とも知り合い、買った葱をぶらさげて今東光とデートをした。そのエピソードを聴いた芥川龍之介が、『葱』（一九二〇年）という作品を描いている。

忠と結婚後、札幌に赴く。『脂粉の顔』（一九二一年）が「時事新報」の懸賞で一等となり、それが文壇へのデビューとなる。

上京して、尾崎士郎を紹介されて恋に落ち、同棲する。札幌には帰らなかった。

伊豆の湯ヶ島では、川端康成と会う。知り合った梶井基次郎との噂がたち、尾崎が離れていく。

その後、東郷青児の家を訪れ、居心地の良さからそのまま住む。東郷との愛の生活が「成長」しきると、戦後のファッション界を先導した雑誌「スタイル」を創刊し、編集を手伝ってくれた年下の北原武夫と結婚する。きもののデザインも手がけ始め、青山二郎、小林秀雄との交流からも、美的センスを育んでいった。

北原とは、一九六四（昭和三九）年、千代が六七歳の時に離婚。

一九八三（昭和五八）年、長編自叙伝『生きて行く私』を刊行。

新しい愛が芽生え、関係性の成熟から離別を繰り返すたびに家を一一回建て替えたという。

一九九六（平成八）年六月一〇日、急性肺炎のために九八歳の生涯を閉じた。

凝った食生活

私はどんな生活をしている時でも、その自分の生活を、これは愉しい生活だ、と思い込んで了う癖がある。

（「わたしの青春物語」一九四七年）

北海道にいるとき、千代は倹約をするためにも、朝、昼、晩と「お茄子」を煮て食べる生活を続けた。

東京の雑誌社に勤めていたときには、本郷の髪結いの二階で自炊をした。蜜柑の空き箱がちゃぶ台になったり机になったりする時代である。

千代は、毎日、露地の出口の八百屋で、一山三銭と書いて出してある屑蓮の束を買ってきて、それを煮て食べた。「筋の多い、固い、屑蓮の煮た」のが「大好き」だという。ここでも朝、昼、晩と同じ蓮を食べ続けた。

月給一三円の頃である。ある日、役員が食べるような一食四〇銭もする鰻の蒲焼弁当をつい注文して口にしてしまった。給料から天引きにされることに気づかず、一週間も立て続けにその弁当を食べ続けた。その結果、本郷から日比谷まで歩いて通勤する日々が続いたという。

このような食べ方は、一生続いたようである。

次にあげるのは、甥の宇野純夫氏の証言である。

たった二人で生活しているのに、わざわざ郷里の岩国の酒造元から、酒糟《さけかす》を一〇キロ、二〇キロと注文している。そして来る人来る人に飲ませて、甘酒の作り方を教え、酒糟を分けている。

いつも突然凝りだす。凝りだすと製造元に直接電話をして、何百と注文する。そして毎日毎日、朝、昼、晩と食べ続ける。それが短くて一ヶ月、大体二、三ヶ月ぐらい続く。凝っている時には、おかずはそれだけでもいいと言うので、御馳走になっても、いつでも同じメニューになってしまう。（中略）

普通の人が何年かに分けて食べる物を、一度に食べてしまうことになる。その反動なのかは分らないが、二、三ヶ月続いて飽きると、もう何年も手を付けなくなる。少し変った食生活を持っている。

全集の月報にて、竹岡美砂氏も同じように述べている。

おいしい到来物があると、すぐに同じものを取り寄せる。鱸《すずき》の塩焼き、松葉蟹、自家製ラーメン等、一か月くらい毎日毎日同じ物を食べ続ける。「そしてある日、狐が落ちたようにケロッと打ち止めになる。この凝り性が宇野さんの生き方の根にあるように思われる。」（「宇野さんの自慢」一九七七年）

凝った食生活は、芸術、事業への集中力と行動力にも呼応する。ひとつの仕事、関係が成熟しきれば、次の新たな世界を切りひらいていく。ここに宇野千代の前向きでエネルギッシュな生の特徴があったと思われる。

手作りに凝る

千代の食道楽は、外食よりは、手作りの料理に向けられていた。
七七歳の頃の随筆「弁当箱」（一九七四年）では、次のように記されている。

私は（中略）ほんのそこまでの外出にも、弁当を持って行く。（中略）その弁当を入れる箱は、（中略）一箇二百円の、ただの平たいタッパーである。（中略）上手に炊いた飯、小魚のから揚げ、里芋の柚子味噌、肉の佃煮、胡瓜と三ツ葉の松の実あえ、その他漬物二、三種を、それぞれ別々の銀紙にくるんで入れる。飛切りに旨い弁当である。小さい魔法罎に入れた熱湯と小さい急須、それに飛切り上等の煎茶の焙じたのを、別に持って行くことを忘れない。何と言うことはない。私もまた齢をとって、外観はとにかく、内容の旨い弁当が好きになったからである。弁当のおかずも自分で作る。これもまた、愉しい。こんな弁当はちょっと荷物になるが、それも平気である。

千代は、食べることと作ることとを愉しんでいる。毎食のことだから、一日三回は幸せな気分になる。それは料理にも反映するだろう。

おいしいものを食べるには、材料も吟味しなければならない。

千代は戦時中、「闇物資の購入ルート」を把握し、熱海に疎開していた谷崎潤一郎に「鰤《ぶり》」や「豚の脂」を分けている。谷崎の方でもいいものが手に入ると、しばしば知らせてよこし、食べものを持参して裏の台所から入ってくるのだった。千代は、「この文壇の大家が、美食家と言うよりもどんなに食いしん坊か、また食べ物を手に入れるためには、千里の道を遠しとしないその様子に、吃驚《びっくり》するどころか、一種畏敬の念を抱いた」と述べている。

さらに千代は、青山二郎、小林秀雄、河上徹太郎等の酒豪が遊びに来た時に、台所の揚げ板の下に密造して隠しておいた濁酒《にごりざけ》を出して、饗応している。それが自慢の種になり、それによって「一種の生き甲斐を感じた」とも述べている。

北原の両親のいる栃木県壬生に移った時の記憶にも、触れている。

十日も経たない間に、どこの百姓の親爺は、一升壜に這入った蜂蜜を何と取り替えてくれるか、馬鈴薯と葱はどこの百姓家で何と取り替えてくれるか、忽ち、探し当てて了ったのです。そのために、私の持っていた着物類は底をつきましたが、良人も父母も、私の作る食べ物は、旨いと言って喜んでくれました。その食べ物の中には、どれにも、熱海から背中に背負って持って来た、あの胡麻油が這入っていたのです。

（『私の文学的回想記』一九七二年）

千代は、まさに有能な実生活者だった。たくさんのすてきな男性と時間を共有することができたのは、ここにも秘密があったのではないだろうか。

おいしい料理を作って、一緒に食べる。愉しい気分を相手に伝える。二人とも幸せになる。そして千代にとって、最も大切なことは、自分が幸せな気分になることだった。

長生きの秘訣

九八歳まで大病もせずに生きた千代の食事はどのようなものだったのだろうか。

『私の作ったお惣菜』（一九八六年）では、生まれ故郷岩国の「岩国鮨」「大平」「茶粥」

「ぎせい豆腐」「鯛そうめん」「岩国蓮の煮〆」「白菜の胡麻和え」「自家製かますの乾物」の作り方を紹介している。

ネーミングからして興味深いものは、「極道すきやき」である。「箕作」で中島良典氏の家庭料理として御馳走になったものをアレンジしたという。材料は、一〇〇グラム三〇〇〇円はする牛肉のみ。「素晴らしい肉の旨味だけを、純粋に堪能しよう」というもので、他の具は一切使わない。

用意するものはテフロン加工の鍋である。鍋を熱し、好みで太白《たいはく》胡麻油をひく。牛肉を並べて、ナポレオン級のブランデーをかけ廻し、その次に、割りしたをかけ廻す。その上に、よく溶いた卵黄をたっぷりかけるというものである。

焼いた瞬間、割りしたの醬油とみりんの焦げる匂いに混じって、ブランデーの香りが立ちのぼります。見ていますと、誰でも、お腹の虫がグウ、と言います。

ステーキのようなすき焼きである。肉が焼ける音が交響曲のように伝わってくる。

末文に「みなさんがお作りになるときは、百グラム、一〇〇〇円くらいの牛肉でも、結構、おいしいものですよ」とつけ加えているのも楽しい。

『私の長生き料理』（一九九三年）では、「私の朝ご飯」として「ご飯／味噌汁（温泉卵ときぬさや入り）／鮭の焼きもの／おろし和え（しらす干し）／漬物／梅干し」が並べられている。

漬物は故郷岩国の「うまもん」である。

私は朝起きて、朝ご飯を食べる度に、「幸せだなア」と、思わず口に出して呟《つぶや》く癖があります。この旨い朝食を食べることの出来るのは何という幸せか、とひとりでに、そう思うのです。

幸せは幸せを呼ぶ。朝食がおいしければ、一日が幸福になります。

全体的に野菜中心の食材だが、「里芋のそぼろあんかけ・里芋と茄子のごま煮」では、アク抜きに長い間水につけていると、野菜の本当の旨味が抜けてしまうという。そのために、「アクも抜かない、コトコトと煮ないで、野菜を煮る方法を思いついた」。

サラダ油で唐揚げしたものを鍋の中にとり、その上からかつお節でとっただし汁をたっぷり入れ、砂糖、しょう油、酒、化学調味料を加え、野菜の上に三センチくらいかぶるほどになった煮汁の中に上等の牛肉を入れて、弱火で一時間くらい煮るのです。

気付くのは、年を重ねても、油や肉を取り入れていることだ。
手料理を摂《と》り続けることにより、結果として、外食やテイクアウトにありがちな添加物等の大量な摂取を避けることもできたのだろう。

私が料理を作るのが好きになったのは、料理というものが創造的な愉しみを与えることを知ったときからだったように思うのです。
長生きの一番の秘訣は、「創造的な愉しみ」を持ち続けることにあったようである。

稲垣足穂――「残り物」が一番――

いながき・たるほ　一九〇〇～一九七七
明治三三年一二月二六日生まれ。佐藤春夫の知遇を得て、大正一二年、「一千一秒物語」を発表。機械、天体などを題材に反リアリズムの小宇宙を構成、奇才と謳われた。昭和四四年、随筆集『少年愛の美学』でタルホ・ブームを呼んだ。昭和五二年死去。七六歳。大阪出身。関西学院普通部卒。

足穂ワールド

稲垣足穂は、一九〇〇（明治三三）年一二月二六日、大阪船場に忠蔵の次男として生まれた。祖父・父と二代続いた歯医者で、ハイカラな家庭環境にあった。

一三歳の時、民間飛行家武石浩玻の京阪神連絡飛行を見学している。関西学院卒業後、直ちに上京し、日本自動車学校に入学して、自動車免許を取得。神戸で同志と複葉機を製作した。

足穂文学にあらわれている機械性——具体的には「飛行機」等への興味は、実家が歯科医院だった環境とこれらの経験から生まれたようである。

その文学には、他に「月」「星」「弥勒仏」「少年」「A感覚」「V感覚」等といったキーワードも点在する。

三島由紀夫が、自死する六か月程前に、「タルホの世界」（一九七〇年）と題して澁澤龍彥と対談をしている。


非常に個人的な理由ですけれども、僕はこれからの人生でなにか愚行を演ずるかもしれない。そして日本じゅうの人がばかにして、もの笑いの種にするかもしれない。まったく蓋然性だけの問題で、それが政治上のことか、私的なことか、そんなことはわからないけれども、僕は自分の中にそういう要素があると思っている。ただ、もしそういうことをして、日本じゅうが笑った場合に、たった一人わかってくれる人が稲垣さんだという確信が、僕はあるんだ。僕のうぬぼれかもしれないけれども。なぜかというと、稲垣さんは男性の秘密を知っているただ一人の作家だと思うから。

三島は、足穂を「メタフィジカルに男性の本質」がわかっている作家と評言した。その本質とは、足穂が「A感覚」や「女性は一つの流れであり、男性は区切りを特徴としている」（「Prostata～Rectum 機械学」）と述べていた男性の「区切り」を指すのだろう。三島が、自身にひきつけて〈解釈〉しているところが興味深い。

一方、足穂は一九六九年、三島の尽力により『少年愛の美学』で第一回日本文学大賞を受賞できたのに、三島を「表面的肉体派」等といって指弾するのだった。足穂は、肉体を超えたところの精神性に理想を求めた。

私はなにも同性愛を推薦している者ではない。いったいにインテリジェンスの関心や、また子弟教導というものには、エーロス的雰囲気が伴わずして成果を期し難いという一事を注意しようとするにとどまる。南方熊楠翁は、こういう相互の精神性にもとづいた友愛の高貴性を強調して、これを「男道」と称し、「男風」および「男色」とはきっぱり区別している。

（「かものはし論」一九二六年）

足穂の場合、精神の高貴性は、一方法として、「食」を断つところから生まれると信じてもいた。

明石の食べもの

もちろん、足穂は食べものに興味がなかったわけではない。おいしいものを知っていた。足穂文学の中で、珍しく食べものとそのおいしさに触れているのは、『明石』（一九四八年）だろう。風土記のような体裁である。

東京のものとはまったく異なるメバルをはじめ、飯蛸《いいだこ》、蛸の子、干蛸、「コチコチと歯ごたえがして格別においしい」カマボコ、牡丹蠣（板甫蠣）、イカナゴ。旨いものとして「十日戎の赤白だんだらの飴ん棒、湖月のメオトぜんざい、砂糖にまぶしたほいろ昆布、芦辺踊りの控所で出される蛤《はまぐり》饅頭、梅田ステーション前の岩おこし」も列挙している。とくに屋台店で売られている玉子焼きについての一節は、活き活きとした筆致である。

メリ・ケン粉に色をつけたものか、あるいは申しわけに数箇の鶏卵が割り込まれているだけであるが、これを焼いて作ったホコホコの、大型のダリ式にゆがむ金側時計は、まるで玉子ばかりが内容であるかのような暖かい色と香を放って、食慾をそそり立てる。お午頃になると、前掛の下に小皿を忍ばせたおかみさんや、娘らが買いにやってくる。これは一家のおかずにするためにである。玉子焼の真味は焼きたてを取る処にある。夜の屋台店の前に立って、手につかめないような熱いのを、口の中にほうり込んで大あわてに舌を動かせる点にあって、東京から来た友人も私を真似てこの味を知ったのである。

足穂の経験した、できたて玉子焼きの熱さ、やわらかさ、やさしい味が伝わってくる。「玉子」については、次のようにも述べていた。

そもそも私は「卵」という字を好かない。これには蛇の卵、虫の卵の連想があって、一箇や二箇でなく、うじゃうじゃと群がっている気がするからだ。玉子あるいはタマゴの方が云おうとするものに近い。

（『滝野川南谷端』一九六五年）

「卵」と「玉子」という文字に対する鮮烈なイメージが記されている。この独特な感覚の描出されているところが、足穂文学のおもしろいところでもある。

足穂文学の中で、食べもののおいしかった記憶を記録することが、もし『明石』で封印されたのだとしたら、やはり〈感覚〉や〈精神性〉を重んじようとしたあらわれと捉えることができるのではないだろうか。

「残り物」が一番

確かに人は、殊に男性は、おかずによって身心のバランスを恢復《かいふく》する。おえら方があんなに落着いているわけはひとえに彼らのおかずのせいである。しかし又、三度三度のおかず責めは人間を精神的にスポイルしてしまう。（『東京遁走曲』一九六四年）

このように述べた足穂は、贅沢なおかず党を否定する。

「凡《およ》そたべものは残り物が一等美味であり、人参やキャベツや大根や胡瓜《きゅうり》にしても、人々が棄《す》てて顧みない端くれにこそ真の味が光っているのだという一事にも気が付いた」（『弥勒』一九四六年）のは、極貧生活をしたからでもある。僧侶より徹底している。

カユと、親指の先ほどの焼ミソと、タクアンふた切れでやって行く自信は、私に十分にある。しかし無理にそこへ持って行こうとすれば……それ、「自由」を見失ってしまうことになる——。

（『ウオぎらい』一九七一年）

いわばストイックな精神のあらわれである「おかず」否定の「残り物」志向は、その反動かのように「液体美女」等へ傾斜していった。

「おかず」より酒・煙草

一九三二（昭和七）年頃のことだろうか、故郷の寺に起居していた折、足穂はお盆の間に、ビールを一五〇本飲んだという。上京後、一九三七年から四五年まで、足穂は神楽坂界隈に住み、「液体美女」に溺れていった。舞台は飯塚酒場、ヤマニバーである。常連客には、石川淳、丸山薫、吉田一穂《いっすい》、梅崎春生、辻潤、武田麟太郎らがいて、足穂を誘った。酒の肴はゴッタ煮ぐらいにして、ドブロクを飲み、金銭に若干余裕があるときは日本酒かビールを飲んだ。嵐山光三郎氏によると「立ち飲みしながら新潮社の編集者が通りかかるのを待ち、金を払わせたという。昭和十六年にはゴミタメから残飯をあさって食べ、チブスになり、大塚病院に入院した」(『文人暴食』二〇〇二年)。一九六二(昭和三七)年にも糖尿病治療のために府立医大に入院するが、毎日、一升の酒をあけてもいた。

人間のこしらえたもののなかで、先ずタバコと酒が一等良く出来ているのではないか。それにこの傑作は両方ともにココア系統の色である。で、両者は、別の意味における二傑作「神」及び「芸術」と同様に、然しいっそう具体的に人々に愛されて行くのでなかろうか。

(『わたしの耽美主義』一九二四年)

足穂は、ゴールデンバットの紙箱に書いてある金蝙蝠《きんこうもり》に「存在に於けるコスモポリタン」を見出している。葉巻もこよなく愛した。

ただし、実生活におけるアルコールの方は、何度も禁酒を試みているところから「飲酒ぐせのトリコ」(中毒)と闘っていたようである。

禁酒する理由を「『酒を飲んでこちらの気持ちがよくなるところが、即ち曲者《くせもの》である』との見解に達した」(『ドサクサ飲酒』一九七四年か?)からというのだから、足穂流ストイシズムは、一本筋が通っている。換言すれば、欲望がある限り、安寧《あんねい》の境地には至らない。

観音菩薩

伊達得夫は、足穂文学に魅了されて足穂を訪れた。書肆《しょし》ユリイカを興し、『キタ・マキニカリス』を刊行する。

伊達は文学好きだった篠原志代に、足穂文学を勧めた。志代は伊達を介して足穂に会う。一九四八（昭和二三）年節分の前日、京都駅で待ち合わせた足穂は、ぶっきらぼうで、浮浪者同様の格好だった。百貨店の隣の小さな店で銚子一本と蛸の酢の物を注文する。まもなく空になったので、次はきつね丼を二つ注文した。足穂は、油揚の一切れを口にして「打越《うちこし》の寒狐《かんぎつね》が油揚げの供養にありついたようなもんですなあ」と言った。志代は、「一日一日を、この旅僧めくお客人に供養しようと思うのだった」（『夫稲垣足穂』一九七一年）と記している。

足穂の方はというと、志代について、酒の肴に「酢蛸」を選ぶのは「野暮」な「素人が考えそうなこと」と書いている。ところが二人の往復書簡によると、志代は足穂に、金銭の他に、ミルク、煙草、酒、正月には、電気コンロ、赤飯、お餅、ソーセージ等を送っている。足穂は、二日間を一片のパンですごし、切手も買うことのできない経済状況だった。

志代は、すでに供養を足穂に会う前からしていたことになる。

伊達は「五十人の不良少女の面倒を見るより、稲垣足穂の世話をした方が、日本のためになります」と言った。

志代は、京都府立伏見児童相談所に勤める公務員だった一九五〇年、足穂と結婚する。足穂の重篤なアルコール中毒症状があらわれるのは、年に三、四回あった。その介護に、年次有給休暇二〇日を使うだけでは足りなかった。

足穂の食事はせっかちで、食器があくといちいちそれを台所へ下げに立つ。志代が食べ遅れてお茶を飲んでいると側に立っていて、しまいの一口を口にふくむやいなや、ひったくるかのように茶碗をとりあげる。

　ごはんを食べるくらいに時間をかけることはない。ぼくはいっそ、おむすびをこしらえてもらって、それを便所へ持っていって、直接落としたら、手っ取り早くてよいと思うくらいや

〈食〉を断ち切ろうとするのは、〈食〉への執着があるからでもある。

足穂は、七六歳で亡くなるまで、少年の気持ちのままでいられた。それも弥勒菩薩のような志代夫人が、実生活と足穂の精神をささえていたからだと思われる。

小林秀雄——最高最上のものを探し求めて——

こばやし・ひでお　一九〇二〜一九八三

明治三五年四月一一日生まれ。ランボーに傾倒し、富永太郎、中原中也らと交わる。昭和四年、『様々なる意匠』を発表、本格的な近代批評のジャンルを開拓。戦前の『ドストエフスキイの生活』、戦中の『無常といふ事』、戦後の『モオツアルト』『本居宣長』など、文学、音楽、美術、歴史にわたる文明批評を展開した。昭和五八年死去。八〇歳。東京出身。東京帝大卒。

評論家小林秀雄の誕生

小林秀雄は、一九〇二（明治三五）年、東京市神田区猿楽町に生まれた。長男である。父豊造は、御木本《みきもと》真珠店貴金属工場長を歴任し、ベルギーで習得したダイヤモンド加工研磨の技術を日本に持ち帰った。たとえば指輪の〈つめ〉や宝石のはめ込みの技術を伝えた、日本の貴金属加工の先駆者である。また日本で初めて蓄音機用のルビー針を創るといった〈ものづくり〉のパイオニアでもある。一九一七（大正六）年に日本ダイヤモンド株式会社を創設するが、四年後の四六歳の時に帰らぬ人となる。小林が一九歳の時だった。小林は、針の調整に何度も蓄音機をかける父親を手伝っている。妹の高見澤潤子（夫は『のらくろ』の作者田河水泡）は、彼の性格形成に父親の影響が強く反映していると指摘している。

一高時代から小説『蛸の自殺』（一九二二年）、東大入学後もランボオ論、ボードレール論等を発表し、卒業後の翌年（一九二九〈昭和四〉年）、『様々なる意匠』が「改造」懸賞評論二席入選作となる。ちなみに一席は、宮本顕治の芥川龍之介論『「敗北」の文学』だった。以後、『志賀直哉』（一九二九年）、『アシルと亀の子』（一九三〇年）等、「文藝春秋」の文芸時評を連載し、批評家としての地位を獲得した。

一九八三（昭和五八）年、死去。八〇歳だった。

小林は、真贋に厳しい批評家だった。たとえば床の間の良寛書が偽物とわかると、傍らの刀をもち、袈裟《けさ》がけにスパッと切ったというエピソードもある。その文学史的意義は、個性的な文体の確立と、それまで文芸批評が主流だった文壇において、批評の対象を、文学のみならず、ゴッホ、モーツァルト、本居宣長等、多岐にわたる領域に広めたことにあるといえるだろう。

「思想」と「実生活」

一九三五（昭和一〇）年、『トルストイ未発表日記・一九一〇』が翻訳出版された。それをきっかけに、正宗白鳥と小林との「思想と実生活論争」がおきる。

白鳥は、日本の文壇人は、トルストイが「人生に対する抽象的煩悶」によって家出をしたと捉えているが、実際は「山の神」（妻）、「世」を恐れて野垂れ死にをしたという「人生の真相」としての「実生活」を見るべきだと述べた。一方の小林は、白鳥の見方は、狭隘なリアリズム文学に鍛えられたものだとして反論する。

あらゆる思想は実生活から生まれる。併し生まれて育った思想が遂に実生活に訣別する時が来なかったならば、凡そ思想というものに何んの力があるか。大作家が現実の私生活に於いて死に、仮構された作家の顔に於いて死に、仮構された作家の顔に於いて更生するのはその時だ。

白鳥は「観念」にすぎない「思想」を指弾し、悲惨な「実生活」をも嫌悪していた。それは、小林も同じ立場であったことに留意したい。

　小林は、白鳥より二〇歳以上も年が若かった。後年、この論争をしばしば振り返っている。最も敬愛する評論家は白鳥であり、その文学については、一層深く掘り下げたいために、『本居宣長』（一九六五年）連載の方を先に着手したという。しかし、『正宗白鳥の作について』（一九八一年）七回目の原稿が絶筆となってしまった。

　ところで、小林の文章では、食べものについてあまり書かれていない。食べものが「思想」ではなく、「実生活」における形而下の素材だからだろうか。

　ところが、ゆかりの人々の証言をひもとくと、小林は食べものに興味がないどころか、かなりこだわりをもっていたことがわかった。

妹から見た小林秀雄

　二歳違いの高見澤潤子も、小林の強い影響を受けた一人である。『兄 小林秀雄』（一九八五年）は、少年時代の生身の小林も活写されている。

　小さい頃は、二人とも魚の食べ方が下手だった。そして、父親が生がきのためにチフスになったことを聞き、どんなに新鮮でも生がきが食べられなくなった。

鈴をならしてくる煮豆屋は、朝早く来る時が多く、どちらかが二銭銅貨をつかんで家を飛び出し、ぶどう豆やうずら豆を買った。二銭で、二人分の弁当のおかずが十分にあった。一番の楽しみは、いりたて豆屋である。四角い箱型の網をゆり動かしていった豆を買って、二人はこたつにもぐりこんで食べた。おいしいおやつだった。

菊人形の見物や映画鑑賞の帰りの昼飯には、母親と一緒に浅草で寿司か天丼か蕎麦を食べた。

一高時代は、マンドリンの演奏会の切符を買ってくれた妹とその同級生三人に、当時有名だった青木堂の出張所で、少ない小遣いから高価なケーキや紅茶をごちそうしている。

戦前のまだ珍しい頃、小林は西洋梨を新宿の有名な果物店で一〇個程妹に買っている。ところが、むいた一個が熟しすぎていた。高価なので惜しい気がしたが、小林はその西洋梨の包みを、そのまま屑《くず》入れに捨ててしまった。潔い。

若い頃はヘビースモーカーで、バットからピースへ替わった。六七歳頃から医者に言われて、完全に禁煙している。

鎌倉の冬には、おいしいぶりのさしみが出た。長火鉢に網をかけ、さしみのひときれをのせる。

「やきすぎるとまずいし、あついうちに食べなきゃいけないいんだ」
「うめえだろう」

小林は得意になって、次から次へと網にのせて焼いた。

『飴』（一九二四年）という作品では、汽車の中でお神さんにもらった飴をいやいや舐める心情が描かれている。『湯ヶ島』（一九三七年）では、「朝日屋」で「鮨はうまいので鱈腹《たらふく》食った」と食べものについて珍しく触れている。後者では、祭りの晩だったので、「稲荷鮨」と「のり巻」と「ちらし」が出されたが、小林は食いきれなかったと記している。

高見澤によると小林は、新子《しんこ》（こはだの子）の寿司が大好物だった。夏の終り頃から初秋にかけて、ほんの少しの間しか出ない新子を、ほとんど毎日のように食べに行った。通った店の一つに、鎌倉の「大繁」がある。

酒と煙草のエピソード

小林は酒が好きだった。酔うと、髪の毛をくるくるまきつけながら、相手に切り返すきを見せずに毒舌を吐く。右手の人差し指は髪の毛、左手には盃があるので、多くの酒肴には手を出せなかったようである。からみ酒でもあった。しかし、今日出海《こんひでみ》によると、からまれる奴は、見どころのある奴で、小林は興味のない者を相手にしなかったという。巌谷大四は、単なるからみやとは異なり、小林には「異常な貪欲《どんよく》さと、秘められた愛情がある」と述べている。

髙橋義孝は、京都の東山辺の寿司屋に小林と出かけた。酔った小林は「九州大学がどうだってぇ言うんでぇ」とからんできた。髙橋は、その度毎に樽椅子から土間へ転げ落ちる小林を助け起こして、樽の椅子に掛けなおさせるが、「何が九州大学でぇ」と、また転げ落ちる。五、六度も転げ落ちたのではないかと思い出している。

一九四六（昭和二一）年、酔った小林は、東京水道橋プラットホームから一〇メートル位下の空き地に転落している。泥酔して身体が柔らかだったのか、奇蹟《きせき》的に助かった。

従弟の英文学者である西村孝次と東京でしたたか飲んで終電に乗り、鎌倉の待合で飲もうということになった。小町通りの路地裏の一軒の家に上がり込む。持ってこさせた酒を飲み、「何だ、まずい酒だな」と一言。合成酒なのか、サービスも悪いので、怒って帰宅する。翌朝、目覚めてから、昨日のことを思い出してしまったと思った。どうやら待合ではなく、近所のしもたやに上がり込んだらしい。この家の女は、最初、小林たちを押し込み強盗と思ったが、人品卑しからずとみてとり、言われるままに酒を出したという。しらふでも、傘、帽子、マフラー、ライターを次から次へとなくして歩く。どこへ忘れて来たのか、その忘れ先さえも忘れている。

軍事参議官をしていた多田駿《はやお》大将が会いたがっていた。秦秀雄が、小林を家まで連れて行くと、そのお嬢さんが御薄茶《おうすちゃ》をたてて出してきた。小林は、番茶のように飲んで、黒い楽茶碗をテーブルに置いた。大将と話しながら煙草をふかしていたが、目の前に今自分が置いたばかりの茶碗の真ん中へ、吸殻を押し付けて火を消している。小林は話に熱中していて気づかない。茶碗の真ん中で、吸殻は突っ立ったままだった。

江戸っ子の舌

今日出海がパリ滞在中、行きつけの酒場で、小林がポルト酒の味が普段と違うと指摘したことを披露している。確かな舌をもっていたのだろう。

ただし小林は、グルメというよりは、衒《てら》いのない、江戸っ子らしい下町の鰻、寿司、蕎麦、天ぷら等が好きだったようである。

新橋にあった「橋善」は、小林が責任編集時代の「文学界」で、原稿料がわりに執筆者を招待した店である。天ぷら定食にお銚子二本がついた。筆者の記憶では、どんぶりもののかき揚げが驚くほど分厚く、たれが江戸風のあまじょっぱい味付けの店だった。鎌倉の「ひろみ」も小林のひいきの店である。穴子が大好物で、いつも大きく長いのを二本は食べていた。揚げ玉を折詰にして、お土産に持って帰っていた。

最高最上のものを探し求めて

中原中也の愛人長谷川泰子との凄絶な三角関係を経て、結婚を考えていた坂本睦子が若い男性と駆け落ちをする。森喜代美との結婚前、激しい恋愛をした小林だったが、食べものに対しても、情熱をもっていたようである。

『蟹まんぢゆう』(一九五六年)は、河上徹太郎を誘って、本場中国揚州まで蟹饅頭を食べに行く話である。

一九三四(昭和九)年、第二次「文学界」誌の発行元を引き受けた野々上慶一は、晩年の小林が、毎年のように五月半ば過ぎになると、湯布院の「玉の湯旅館」で山の幸を味わってから、日出町の「的山荘」で城下鰈《しろしたかれい》を賞味していたことを証言している。さらに好物の鮎を食べるために京都の「平野屋」へ行き、冬には下関の「岡崎」の河豚、京都のすっぽんの「大市」、琵琶湖畔の長浜の「鳥新」の鴨料理等も食べに出かけていたという。

学生時代の小林は貧乏だったので、ご飯のおかずに納豆をよく食べていた。近所の蕎麦屋から「白どん」（白い飯だけのどんぶり）をよくとっていたのも、納豆用である。検証した結果、神田明神の境内にある卸屋（「天野屋」の芝崎納豆か？）の納豆が東京一おいしいと言って、相場が二銭の時分、三銭の納豆を食べていた。野々上は、「貧乏でも許す可能性のなかで、最高最上のものを捜し求めて、暮していた」（『思い出の小林秀雄』二〇〇三年）と述べている。

ちなみに東京から遠く離れた秋田の「角館納豆製造所」に行ったことがあるが、失礼ながら小さい店である。小林からの礼状を見せてもらった。後年も、うまいと思うと、納豆も頻繁に取り寄せていた。

最高最上のものを捜し求める「思想」と矛盾しない。「実生活」では、食いしん坊なのだった。

森茉莉——おひとりさまの贅沢貧乏暮らし——

もり・まり　一九〇三～一九八七
明治三六年一月七日生まれ。昭和三二年「父の帽子」で日本エッセイスト・クラブ賞を受賞して文壇に登場。作品に小説『恋人たちの森』『甘い蜜《みつ》の部屋』、随筆『私の美の世界』など。昭和六二年死去。八四歳。東京出身。仏英和高女卒。

聖俗兼ね備えた少女のようなおばあさん

森茉莉は、一九〇三（明治三六）年、東京千駄木に生まれた。父親は、森鷗外である。茉莉は、鷗外の作品『金毘羅』（一九〇八年）にも「百合さん」のモデルとして登場する。五歳の茉莉は、弟不律《ふりつ》とともに百日咳《ひゃくにちぜき》にかかった。赤ん坊の不律は亡くなってしまう。茉莉も安楽死の話題がでるほど苦しんでいたが、茉莉は大人たちに「にゅうとねい」と言って訴える。看護師は「うんこ」と聞き間違えておまるを準備するのだが、茉莉は「牛《ぎゅう》と葱《ねぎ》」を食べたいと伝えたかったのだった。

さっそく鷗外は、上野の精養軒に連絡して、叩いた牛肉をバターで焼き、柔らかくいためた葱を添えたものを一皿注文する。それをおかずにして、茉莉は三椀のおかゆを食べた。翌日は、「おさしみ、卵、おかゆ」をそれぞれ口に入れてもらって、完食する。そうして茉莉は元気になった。

後年の茉莉の食への興味は、この頃、すでに芽生えていたのかもしれない。

鷗外には最初の妻登志子《としこ》との間に長男於菟《おと》がいたが、茉莉は、再婚した志《し》げとの間に生まれた長女である。鷗外は、どんなに忙しくても子供たちをかわいがった。

茉莉は、仏英和高等女学校（現白百合学園）を卒業すると、後に仏蘭西《フランス》文学者となる山田珠樹《たまき》と一六歳で結婚。夫の後を追って、於菟と渡欧するが、ロンドンで鷗外の死を知る。四年後、山田の女性関係を知り、自ら結婚生活に終止符をうって再婚するが、翌年には離婚。実家に戻るも、弟妹たちの結婚や、借家人の失火、空襲による家の焼失という二度の不運を経て、一人暮らしをするようになる。

経済的な自立が必要になり、翻訳、随筆、演劇評を書くようになるが、五〇歳を過ぎてから『暮しの手帖』に随筆を発表し、一九五七（昭和三二）年、鷗外の記憶を綴った『父の帽子』で日本エッセイスト・クラブ賞を受賞。その後、『恋人たちの森』（一九六一年）、『甘い蜜の部屋』（一九七五年）等の小説も発表する。三島由紀夫は後者を「官能的傑作」と絶賛した。

森茉莉という作家の存在が周知されるのは、室生犀星の随筆『黄金の針——女流評伝』（一九六〇年）が発表されてからのようである。

収載の「森茉莉」は、茉莉が住む代沢の倉運荘アパートを訪問したときの印象記である。ベッドが部屋の三分の一以上を占める六畳間《ママ》には、「厳粛な窮屈さ」があった。棚には「ベルモットの瓶、化粧の品々」等さまざまなものが並べられている。暖房はなく、火鉢は隣から借りてきたもので、普段は、湯たんぽで手をあたためながら執筆するという。「瓦斯《ガス》も水道も廊下まで出て行って使う」。

あれらの不自由な生活の中で自分の文章を守り抜くことと結び合って、大概の人間なら参る筈《はず》であるのに、ちっとも参りもぐちも出て来ないのだ、立派だということは此の範囲の外にはありえないのである。

犀星は、茉莉の個性的で読者を引きつける文章を評価し、その精神を「立派だ」と称えた。だが、実際の生活形態には、夜も眠れないほど心配したという。

一方、茉莉は、物質的に「不自由な生活」でも、結構楽しんでいたのではないだろうか。誰それの妻として生きる不自由から、自らをいったん解き放つことができたからである。原稿料も入るようになった。たしかに、一日三〇〇円で過ごすこともあった経済状況と孤独との闘いはあっただろうが、その代償として得た大きな収穫は、森茉莉という「個」として生きる「自由」だったと思われる。

一九八七（昭和六二）年、茉莉は経堂のフミハウスの自室で亡くなっているのが、死後二日後に発見された。享年八四。茉莉は、少女のままの「自分」を貫きとおした。

古い記憶にある味

幼児期の茉莉は、腎臓炎も患った。療法として、一日四合の牛乳や、なぜかサイダーを飲まされている。明治期にはどちらも珍しいものだった。

鷗外がドイツから持ち帰ったレクラム文庫の料理本は、母志げと祖母の作る西洋料理の参考書でもあった。指揮をとるのは、本場の味を知っている鷗外である。

明治三〇年代半ば、観潮楼と名付けられた自宅では、与謝野寛（鉄幹）、佐佐木信綱たちが集い、歌会が催されていた。その時に振る舞われた西洋料理を茉莉も口にすることができた。

茉莉のお気に入りは、牛肉とキャベツの煮物である。四つ切りにしたキャベツと上等の牛肉の塊を水から煮込んで、塩、胡椒をふるだけのいたってシンプルなものだ。

一九二二（大正一一）年には、パリのトゥール・ダルジャンでシチューを食べているが、しつこくてすべてを食べることができなかったらしい。森家で食べていたものが口にあっていたのだろう。ビーフシチュー、キャベツ巻き（ロールキャベツ）、カツレツ、コロッケ等も懐かしい味としてとりあげている。

和食にも懐かしい思い出があった。厳しかった母志げが作ってくれた筍の炊き込みごはんである。冷えたもののほうが好きだったというのが、個性的だ。

山田家には八年間嫁いでいたが、茉莉は水道からやかんに水をくむこともしたことのない、いわゆるお嬢さん育ちだったから、何かと大変だっただろう。家事がわからないと、お手伝いに指示できないからである。

陸軍中尉だった、珠樹の姉の夫が、鷗外に進言したことがあった。茉莉さんは嫁いでひと月になるが、一度も台所に出ないので、そろそろ出てほしいと。すると鷗外は、「うちではなかなかうまい料理を食わせますが、お芳さんの統率している台所では無理でしょう、クックク」と笑って言ったらしい。お芳さんとは、新橋芸者あがりの舅の妾である。料理上手だった。

ある日、茉莉は、料理の先生に習った一品を披露することにした。お手伝いに塩鮭の切り身を一七、八枚用意させる。鮭をゆでた汁に卵を入れて煮詰める。クリーム色をしたソースを薔薇色の鮭にかけた「鮭の白ソオス」のできあがり。お芳さんからソースの作り方をたずねられたのには、快哉を叫んだ。

ちなみに茉莉は春野菜が好きで、お芳が作った鯛と筍の押し寿司を懐かしがっている。料理をとおしても、お芳は、茉莉に影響を与えた第二の母だったことが窺われる。

おひとりさまの贅沢貧乏暮らし

「好きなもの」（一九六八年）という随筆には、清少納言の『枕草子』を思い出すような、茉莉の好きな食べ物が列挙されている。

たとえば、よくなめる「練乳《コンデンス・ミルク》」。「近頃は一層凝って来て、エヴァ・ミルクにグラニュウ糖を入れてなめる」という。

洋酒は白葡萄酒（ライン河の流域でとれるライン・ワインか、渋谷で見つけたグラァヴ・セックという、竜土軒で料理に入れるという、淡泊な葡萄酒。シャトオ・ラフィットゥ、シャトオ・イキュエムの味は、もう忘れてしまって跡かたもない）。クレエム・ドゥ・カカオ。ヴェルモット。ウィスキーは特に香いがすきである。いいウィスキーは樽の香いがするそうだが、そんな香いをふと、感じたことが一度ある。三百四十円のトリスだったから、幻覚にちがいない。

実際に味わったおしゃれなワインの話題から、落ちにつなげていくユーモアと文章のリズムが小気味いい。正直である。

薄茶。紅茶（リプトン）。上煎茶（玉露には淡泊さがない）。瑞西《スイス》、或いは英国製の板チョコレート。戦前のウェファァース。抹茶にグラニュウ糖を混入して、なめる即席の上和菓子。

最近、抹茶入りのスイーツが流行っているが、五〇年ほど前に、茉莉は砂糖入りの抹茶をなめていた。そのおいしさをすでに発見していたことになる。

風月堂が火事で焼けたあとは、下北沢の住宅街に入ったところにある喫茶店邪宗門に、ほぼ毎日開店と同時に入り、閉店までの時間を執筆・打ち合わせ等で過ごしていた。注文は、リプトンのストレート紅茶だけである。五円分と言って氷のみ入ったグラスを注文し、ティースプーンで紅茶を二杯すくってそのグラスに入れ、香りを楽しんだ。

煙草はフィリップモリスか戦前のゴールデンバット。チーズはオランダチーズとプチ・スイスチーズ。「平目の牛酪焼《バタ》。同じく刺身。野菜の牛酪煮。淡泊《あつさ》り煮た野菜。砂糖を入れた人参の甘煮《うま》。トマトの肉汁《スープ》。ロシア・サラダ。八杯豆腐、蜆《しじみ》などその三州味噌汁。」「異常なほどの卵好き」でもある。

朝の食卓で、今咽喉に流れ入った濃い、黄色の卵の、重みのある美味しさを追憶する時、皿の上の卵の殻が、障子を閉めたほの明るい部屋のように透っているのを見るのは、朝の食卓の幸福である。卵の味には明るさがあり、幸福が含まれている。フライパンにバタを溶かし、片手にとった卵を割り入れ、固まりかけたところを箸で掻きまぜながら三つ折りにして形を造り、二三度返して皿にとる。その楽しい黄色に焼け上ってくる時が楽しい。銀色の鍋に湯が沸《たぎ》って渦巻いている中に、真白な卵が浮きつ沈みつしているのも、なんともいえない楽しさだ。新鮮な生卵をかけた熱い御飯、柔かく焼いたオムレツに塩胡椒を添えたもの、半熟卵は最上の美味である。

（『記憶の絵』一九六八年）

自分一人のためだけに作る朝食の楽しみ方に、ささやかだが、時間をかける贅沢さが窺われる。

茉莉は、「百円のイングランド製のチョコレートを一日一個買いに行くのを日課」にもしていた。

贅沢というのは高価なものを持っていることではなくて、贅沢な精神を持っていることである。容れものの着物や車より、中身の人間が贅沢でなくては駄目である。

（「ほんものの贅沢」一九六三年）

森茉莉の作品にあらわれた個性的な鋭い感性と繊細な文章は、特に女性読者の心をとらえ、熱い支持を得た。一種面妖だが、しみったれた貧乏臭さを嫌い、ブリア・サヴァラン（『美味礼讃』を著した食通）のような食の美学をもつ精神生活を求めた。

多くの女性が、幼時、お気に入りの人形等で、現実を超えた夢見る世界を創りあげてきた。私達読者は、年を重ねても自分の好きな世界を創造し、生活に心の豊かさを求め続けた茉莉の生き方に、一種の憧憬をもつのではないだろうか。

コラム◉作家の通った店

「邪宗門」

（東京都世田谷区代田一―三一―一）

森茉莉は代沢に一九五一年から八三年までの三二年間住んだ。最初の二二年間は、アールデコ調木造アパートの倉運荘である。トイレ、炊事場も共同。住んでいた一階八畳間は、他者からみればゴミだらけの、いわゆる汚部屋だったという。

倉運荘は老朽化のために取り壊されることになり、茉莉は代沢マンションに移り住む。そこには一〇年間住んだ。

茉莉の日常は、アパルトマンと珈琲店の「邪宗門」と「アラビカ」を結ぶ「平べったい三角形の道」「だけあるいてくらしている」ものである。茉莉にとっての「邪宗門」は、書斎であり、室生犀星や萩原葉子と会う応接間であり、時々転寝《うたたね》する「部屋」でもあった。

入り口を入ってすぐ左手には、レンガづくりの柱があり、その奥が茉莉の指定席である。

入ってくる客からは、柱がさえぎるために、ちょうど死角になる場所である。

ご主人の作道明氏が懐かしそうに語る。

茉莉は、一日のほとんどをそこで過ごすこともあれば、店を時々離れて散歩に行ったり、買い物に行ったりすることもあった。父の鷗外も好きだった小岩井バターを店においてもらい、近所で買ってきた食パンにそれを塗って食べる。

日東紅茶がほとんどを占めていた当時、茉莉はご主人に、リプトンティーがあることと、その淹れ方を教えた。注文はいつも一杯の紅茶である。あるいは氷を入れたグラスを別に頼み、そこへスプーンで紅茶をすくって入れては飲んでいた。横には、原稿用紙が広げられている。

茉莉は毎日のように日参して顔を合わせているのに、ご主人に二十数通もの手紙を認《したた》めた。作道氏は、もらった生原稿を大切にファイルしてもいる。

「最初はね、森茉莉さんが僕のことを好きなのではないかと思ったのですよ」

茶目っ気たっぷりに作道氏が言う。たしかにご主人が好きで、居心地がよくなければ毎日のようには来ないだろう。

「ところがね、森茉莉さんは、この席にいつもいらしていた他の常連さんのことを好きだということがわかったんです。その方がいらっしゃると黙ってみつめていらしたのですよ」

その客の定席は茉莉の座っていた場所から奥左手の方で、やはり面と向き合う場所ではない。目を合わせるには、意識的に向き合って話さなければならない。

その男性は、真弓典正という脚本家だという。『月光仮面』の作者川内康範の弟子で、アニメ『スカイヤーズ5』等を制作した。

全集に掲載されている「フランス語の日記」（矢川澄子訳）では、その彼への思いが初々しく記されている。「彼」にかかわるような記述を一部ではあるがとりあげてみよう。

——十日　彼があらわれた。姿をみるとどきどきする。話す。なんだか自分がみじめで、まるで犠牲の小鳥みたいな気持。彼もしまいにはやさしくなってくれた？　みたいな気がする。

——十一日　彼は来ていて、タカヨさんと話しこんでいた。とてもやさしく。ねたましかったけれど、だまっていた。

——十二日　来なかった。

——十三日　来なかった。

——十四日　彼がやってきた。こちらはどきどきして、身動きもできず、目も上げられない。ベンチの席に彼はすわったようだ。おそるおそる見ると、そこにいた。ほとんど蒼白で、唇は赤く、怒りのためひどくつめたい感じだ。とてもとても冷たい……。ぞっとしてしまった。

十五日　彼はやってきて、二人のホモの少年《ギャルソン》たちと話している。あのすがたは悪魔のそれだ、とても肉感的だ、なぜだろう？（中略）彼は大声でしゃべっていた。私は奥へ行ってママに、小さな声でこっそり、お勘定が払えないのという。彼がだれかの背に手を回しているのをみてぞっとする。鳥のフライにもナスにも食欲がわかず、だめ。

十六日　彼はいたけれど、すぐ帰ってしまった。大いにがっかり。

（原文は傍線のみ日本語）

茉莉が「邪宗門」に通ったのは、一九六七年から八三年の約一六年間のようである。全集の「解題」にて小島千加子氏は、「事実関係は不明だが、架空の恋の、『幽艶な』世界を空想することに夢中になる著者が、好きなフランス語で思いつくままに濃厚に記述してみた、いわば一種の草稿とも言えるものではないか。フランス語を忘れないように、時には書いてみようという欲求もあったと思われる」と述べている。ところが、恋の生身のお相手はいた。もちろん、片思いだったようだし、「『幽艶な』世界を空想することに夢中になる著者」には違いないし、茉莉が推定六〇歳代後半から七〇歳代だったことを思い出そう。

年を重ねても、記された少女のままの心のときめきは、私達読者も経験したせつない思いの記憶をよびおこし、心をゆさぶる。

「邪宗門」のご主人は、「ボヤ騒ぎや水漏れをおこしてしまい、気の毒なことに代沢マンションにはすめなくなりました」と眉をよせる。

一人暮らしの高齢者の住居をさがすのは難しい。一九八三年、息子たちがやっとの思いで経堂のフミハウスを探した。

一九八七年、茉莉が部屋で一人倒れているのが発見される。死因は心不全。亡くなったのは二日前の六月六日と推定された。「読売新聞」では、「森茉莉さん　孤独な死」という見出しで記事が掲載されている。孤独死は結果である。

永井荷風の晩年の日常が、電車を乗り継ぐ広範囲なものであったのに対して、茉莉は、アパルトマンを中心とする半径二キロ程内の空間を生きた。しかし、前に触れたように「邪宗門」を「部屋」と捉えると、世田谷という広大な邸宅に住んでいたことにもなる。そして、つかずはなれずのご主人の心遣いは、茉莉の心を癒していたと思われる。

蛇足だが、数年前、パリのドゥ・マゴ・カフェに行ったとき、本を読んでいた筆者に、ギャルソンが「後ろを振り向いて、壁の写真を観てごらんなさい」と指さした。ボーヴォワールが執筆している写真がかけられている。筆者がたまたま座っていた席が、彼女の指定席だったという。

茉莉にとっては、八畳一間の汚部屋でも「アパルトマン」だった。そして「邪宗門」は、茉莉にとって仕事場である、夢の世界＝パリの「カフェ」だった。茉莉は「邪宗門」に色紙を託している。

「夢を見ることが私の人生　Revasserie cést ma vie」

幸田文——台所の音をつくる——

こうだ・あや　一九〇四～一九九〇
明治三七年九月一日生まれ。幸田露伴《ろはん》の次女。昭和二二年、父の死を描いた随筆『終焉』『葬送の記』で注目される。のち小説に転じ、三〇年、『流れる』で新潮社文学賞、三一年、『黒い裾』で読売文学賞。平成二年死去。八五歳。東京出身。女子学院卒。作品はほかに『おとうと』『闘《とう》』『木』など。

「もの書きの誕生」

幸田文は、一九〇四（明治三七）年九月一日、東京向島に生まれた。父親は、明治期の文豪幸田露伴である。

文は六歳の時に生母、八歳の時に姉、そして二二歳の時に弟を喪った。義母との関係がぎくしゃくしたこともあった。娘時代は、露伴に厳しく躾けられている。

「おまえは赤貧洗うがごときうちへ嫁にやるつもりだ。」私の将来について楽しげに父の語ったことばが、これである。
父はえらい人かも知れないけれど、私はなみ一ト通りの娘だったから、こういう予告をきかされてはおよそがっかりした。が、とやかく云ってるひまはない。「茶の湯活け花の稽古にゃやらない代り、薪割り・米とぎ、何でもおれが教えてやる」というわけで、十四の夏休みから始めて十七八まで、学校の余暇には父に追っかけられて育った。父の教えかたは実に惜みない親切なものであったが、性来の癇癪《かんしゃく》もちだったから、私がまご〳〵していると、すぐにじれったがる。私は大概のときに叱られてばかりいた。箒の持ちようから雑巾のしぼりよう、魚のおろし方まで、みんな教えてくれた。

（「このよがくもん」一九四八年）

文は二四歳の時に結婚し、一人娘玉を授かるが、三四歳の時に離婚し、露伴のところに戻る。
一九四七（昭和二二）年、文四三歳の時に露伴死去。雑誌「藝林閒歩」に「雑記」を寄稿し、『父――その死』（一九四九年）、『みそっかす』（一九五一年）、『黒い裾』（一九五五年）等を刊行。「私は筆を断つ」宣言を経て、芸者の置屋でお手伝いとして働いた実体験をもとに、『流れる』（一九五六年）を発表する。この作品で、新機軸がうちだされたといえるだろう。このあたりから「露伴の娘」という冠ぬきの自立した作家幸田文が誕生したと捉えることができるのではないだろうか。その後『おとうと』（一九五六年）、『闘《とう》』（一九七三年）等の作品を次々と出版。一九九〇（平成二）年心不全のために逝去。八五歳だった。

幸田文の好物

「私はさくらもちの土地ッ子なのだ」（『包む』一九五六年）と書いているように、経木で包んだ桜餅を愛おしんでいる。

また、露伴の影響もあって、番茶は煎じたものしか飲まない習慣だった。

娘玉が、記憶の中の母を甦らせている。

　母は柿が好きだった。そんなに好きならと、父は街に秋の色が濃くなるのを待って千疋屋へ行って大きな袋に柿を抱えて帰ってきた。出るわ出るわこんなにも種類があるかと思うほど、百目、富有はもとより頭のトンガっているビリケン柿、ゴマの入っているキザ柿、四角ばって平たいのから、いわゆる貧乏柿の種だくさんと甘柿も、焼酎で渋を抜いたものまで、一種類二個ずつ、一間の床の間のはしからはしまでずらっと並べて、

「さあ文子のすきなのからいいだけ食べてごらん、この中で特別気に入ったのがあったら、明日それを買ってくるから」

母は目を輝かせて坐り込んだ。持って来させた大皿に包丁を手品のように使って、四ツ割にした柿は皮をむいて手際よくそれぞれがまざらないように分けて盛られ、「これは汁気がたっぷりだ、これは歯ざわりがいい」と次々に食べ比べていった。

（青木玉『帰りたかった家』一九九七年）

柿の豪快な食べっぷりである。柿を囲んで集う〈家族〉の風景が窺われる。文と離婚後、三橋幾之助はほどなく胸を患い、亡くなってしまった。

食べるタイミングの大切さ

『流れる』は、テレビ番組の「家政婦は見た！」の原型ともいえるような設定である。柳橋と思われる置屋のお手伝いとして働くことになった梨花の目をとおして花柳界の舞台裏が曝される。

これは先に触れたように、文の実体験に基づいて描かれたものだが、〈食〉をとおして主人公の心遣いが伝わってくる。

梨花は、染香にコッペパン一つとコロッケ三つを買ってくるよう頼まれる。コロッケ一つはお駄賃だ。

「ご面倒だけれど熱いのを一ッ揚げてくれませんか」と頼む。五円の芋ころ一ッおごられて気が弱くなるのではないが、やはり結局はこうした心づかいをすることになる。つめたいコロッケは脂《あぶら》臭く葱臭くざっかけない味がするけれど、もし揚げたてなら葱臭さはうまそうに匂うし、油は実際うまくもある。同じ買うなら一ト言よけいな口を利いて、……なあにコロッケ三ッだって現金払いのりっぱなお客だ。肉屋はコロッヶ揚げるのも商売のうちなのだ。肉屋の親爺は面倒がっていゝ顔はしなくとも、化粧の浮いたお茶挽の人へせめて熱いのをという同情が湧く。

料理のタイミングを大切にする思いは、次にあげる文のエッセイにも描かれている。

　料理の材料にしゅんがあるように、味にも最もうまいという時間があります。焼きざましがまずいのは、時間が外れているからです。ですから、ささやかな食卓でもせめて精一杯おいしく食べようというには、許せる範囲の行儀わるさなら目をつぶって、食べ時を逃がさないほうが、私は好きです。これからの季節もの、さんまや鯖の塩焼など、一番おいしい食べかたは七輪のそばで、ちょんつくばいにしゃがんで、焼きたてをすぐ食べることです。いいじゃありませんか。行儀をいうのも常識ですが、ちょっと常識をはずしてみると、さんまのおいしさも際立ちますし、食べる人にも活気がたちます。ちょいと行儀わるい食べかたには、ひと味ちがったおいしさがあるように思いませんか。

（「活気」一九七八年）

台所道具へのこだわり

文の生みの母親は、薬味として「蓼・三ツ葉・紫蘇・生姜・茗荷《みょうが》」を常備していた。文も「生姜、茗荷、紫蘇、蓼《たで》、山椒の実」を元気になる薬味として列挙している。

新しい杉の香りのする利休箸が好きで、しょっちゅう新調していた。

「ふきんをきたなくしておかないこと」がモットーで、「ふくときも、おなじリズムで、キュッキュッキューッッとふける」ものでなければならない。雑巾《ぞうきん》も「きよぶきぞうきん」と「ガラスぶきぞうきん」と分けて箱に入れていた。

清潔さと合理性を重んじた。

このような心意気は、江戸弁が使われている歯切れの良い文体・語りと符合しているようである。

心をつぐ酒

「食」はコミュニケーションでもある。相手への心遣いも大切だ。

文は、大きな酒問屋へ嫁いだのだが、店は倒産。伊藤保平（西宮酒造会長。参議院議員）

との対談で、酒好きだった露伴の思い出から次のように語っている。

死なれて十年たって見ますと、いいお酌というものは、私はいっぺんもできなかったような悲しみが残っております。それはねえ、この間、あるところに参りましたら、ものを食べさせるうちの、まあ、女中さんといいますか、別になんということないおばあさんなんですけど、その人が、お酒をついでくれますのが、本当に年よりですから、しわだった手で不器用に、ただ、ついでくれるのですけれども、徳利の中から出てくるお酒は、その人が心を傾けて、ついでいるという風なんでございます。私はお酒を飲みませんけれど、ヒョッと見ましたとき、からだ中の毛穴が立ったような気がして、「ああ、お酒は、こう、心をしてつぐものなのだ」と思いまして、私は、父にも亭主にも――好きな人にも――お酒を、ツイ、うまくついだことがない、雑な女だったという感じがして、実に後悔したのでございますよ。お酒というものは、心をつぐものでございますねえ！

（「心をつぐ――幸田露伴翁と酒」一九五六年）

台所の音をつくる

『台所のおと』（一九六二年）は、台所の音をとおして描かれた「夫婦の愛」の物語である。料理人佐吉は、台所と障子一枚隔てた部屋で病床についている。妻あきの炊事をする「柔かい音」を聴くことが慰めになっている。しかし、ある時、「音がおかしい」ことに気づく。

一方のあきは、「ひやりとする」。医師から「病人はなおりがたい」と宣告されていた。双方とも、病気の核心に触れずにお互いを気遣う。

佐吉は、くわいを揚げる音と雨音とを聞き違えるようになった。佐吉はあきに言う。

女はそれぞれ音をもってるけど、いいか、角《かど》だつな。さわやかでおとなしいのがおまえの音だ。

作品は、佐吉の生命の灯が消えていくのが、そう遠くはないことを暗示して閉じられる。このように音を効果的に取り入れた作品は、そう多くはない。

影響を与えたのは、やはり露伴だった。

ものいいがやさしく、立居ものごしがやさしい、などとそんな表側のことだけに感服していては駄目で、台所へ気をつけてみるんだ、といわれた。鍋釜や瀬戸ものへの当たりのおだやかさ、動きまわる気配のおとなしさ、こういうところにしみだしている優しさを考えると、これは決して付焼刃や、一代こっきりその人だけという、底の浅いやさしさではないと思う。女代々伝えてきた、厚味のある優しさがうかがえるものだ、と教えられた。（中略）人のくらしには、寝るにも起きるにも音がある。生きている証拠のようなものだ。

（「台所の音」一九六四年）

文の叔母二人が音楽家であったことが、音に興味をもつようになったきっかけの一つになったのかもしれない。

幸田文は、生活音をとおしても、人の「生」を見据えようとした。

坂口安吾――酒と薬の日々――

さかぐち・あんご　一九〇六〜一九五五
明治三九年一〇月二〇日生まれ。昭和六年、『風博士』で認められる。戦後、『堕落論』『白痴』などを発表。無頼派とよばれ、文明批評、歴史小説、探偵小説などの分野で活躍した。昭和三〇年死去。四八歳。新潟県出身。東洋大卒。本名は炳五《へいご》。作品はほかに『日本文化私観』『不連続殺人事件』など。

作家坂口安吾の誕生

坂口安吾は、一九〇六（明治三九）年、新潟県新潟市に生まれた。父仁一郎は、憲政本党の衆議院議員として県会議長を務め、新潟米穀取引所理事長、新潟日報社社長等を歴任し、漢詩人としても活躍した。母アサは後妻である。

ある荒天の日、母が「貝が食べたい」と言って、少年の安吾に蛤《はまぐり》を海に潜ってとってくるように促した。安吾は言われるままに潜り、母を心配させようと、日が暮れてから帰宅し、貝の塊を三和土《たたき》の上に放り投げる。

母との確執は、その後の女性との関係性に影響を与えているようである。女性そして人間への畏れは、一種の虚無にも連なっていると思われる。作家矢田津世子との恋愛の破局も、心に深い傷を負わせた。

安吾は、丙午《ひのえうま》生まれのために、本名は炳五《へいご》だった。新潟中学の漢文教師から、漢詩人の父とは似つかずに漢文を勉強しないため、黒板に「暗吾」と大きく書かれて、自分に暗いからアンゴと名乗れ、と言われたという。そこから荒行で悟りを開いたことから安吾にしたとは本人の弁だが、「暗」い諦観は一貫してあったようである。

その後、かなり年下の梶三千代と知り合って結婚し、一男を授かる。

どてらで外出もし、書き損じの原稿用紙の中に埋もれながら執筆している写真は有名である。無頼派のイメージが、戦略としても打ち出されている。

しかし、実生活で暴れるような生活スタイルとは対蹠的に、文学に底流するものは、人間への諦観だったと思われる。

好物と苦手なもの

一九四一（昭和一六）年から、安吾は自称胃弱のために、肉食するのは一年に一回位になった。そのうち、鍋の肉は食べる気がしなくなり、人に中身を食べてもらって、あとの汁だけでオジヤをつくり、それだけを愛用するようになった。すき焼きも、肉は人に食べてもらって、ご飯に汁だけをかけて食べる。魚肉もめったに食べない。稀に食べるのは鰻、鶏の丸焙りの足の一本、肉饅頭だけである。

私のオジヤでは、鶏骨、鶏肉、ジャガイモ、人参、キャベツ、豆類などを入れて、野菜の原形がとけてなくなる程度のスープストックを使用する。三日以上煮る。三日以下では、オジヤがまずい。私の好み乃至は迷信によって、野菜の量を多くし、スープが濁っても構わないから、どんどん煮立てて野菜をとかしてしまうのである。したがって、それ自体をスープとして用いると、濃厚で、粗雑で、乱暴であるが、これぐらい強烈なものでもオジヤにすると平凡な目立たない味になるのである。

このスープストックに御飯を入れるだけである。野菜はキャベツ小量をきざんで入れる。又小量のベーコンをこまかく刻んで入れる。そして、塩と胡椒で味をつけるだけである。私のは胃の負担を軽減するための意味も持つオジヤであるから、三十分間も煮て御飯がとろけるように柔かくしてしまうというやり方である。

土鍋で煮る。土鍋を火から下してから、卵を一個よくかきまぜて、かける。再び蓋をして一、二分放置しておいてから、食うのである。このへんはフグのオジヤの要領でやる。

オカズはとらない。ただ、京都のギボシという店の昆布が好きで、それを少しずつオジヤにのッけて食べる習慣である。

（「わが工夫せるオジヤ」一九五一年）

こだわりが窺われる。

他に、チャプスイ（アメリカ製中華料理のうま煮）、ゆで卵を裏ごししたものに焼き海苔を刻んだものを入れたおけさ飯、新貝の蛤、競輪場のうどん、オックステイルのシチュー等が好物だった。

ナマコだけは苦手だったようである。

酒と薬の日々

安吾は、戦時中も『日本文化私観』（一九四三年）のように「実感」を重んじる刺激的な評論を発表したが、戦後まもなく『堕落論』『白痴』『桜の森の満開の下』『青鬼の褌《ふんどし》を洗ふ女』（以上、一九四七年）等の代表作を次々に発表する。

一九四八（昭和二三）年、檀一雄が訪ねると、二人は丸裸で酒を飲んだ。酒はウイスキーから焼酎に変わっていった。

僕は胃が弱いからビールや酒が飲めんのでね。量が少なくて酔う奴がどうも胃腸にいい。焼酎だ。こいつに限る。

安吾は、アドルムとヒロポンを飲み過ぎるとともにうつ病に罹り、東大病院精神科に入院する。

戸外に飛び出し、往来の端《はし》から端まで届きそうな丸太ん棒を銃剣のようにかまえて、遠巻きにしてみている付近の人を、全裸で充血した目でねめつける事件もあった。中毒の発作である。

妻の三千代が回想している。

真夏の太陽がギラギラ光って、白いアスファルトの往来に、マッパダカで仁王立ちになって周囲をにらみすえている大男が、私の尊敬してやまない夫であった。……今はもう私の記憶の中の一枚の、悲しい絵であるが、狂いまわっている彼の裸体の動きが目に浮かぶ。いとわしい裸体ではない。無心なうごきというイミで原始的で、絵画的で、緊迫した空気の中で味わった不思議な虚無感と結びついて、私の中に鮮やかに残っている。

（『クラクラ日記』一九六七年）

安吾は、しきりに胃が悪いことを言っていたが、酒量からすると胃は強い方だったのだろうか？

酒の合間合間に掌一杯の薬品ビタドール、サクロフィール、ネストンを呑みこんでいた。そして、薬はテラマイシン、バンサインへとエスカレートし、それらを酒の肴のように呑んでいった。

飲む酒の種類も、はじめは焼酎、次にビール割りのウイスキーに転じ、日本酒に三転、ジンの一本となり、最後は水割りのウイスキーに戻るという状況である。

税金が払えないために、本も公売しつくされ、倒れた時には、借家の界隈に二〇万円の借金が残っていた。

檀一雄は、そのありようを「絶えまない豪華な貧弱」「清貧とは似ても似つかぬ、天晴れの豪貧（？）であった」（『小説坂口安吾』一九六九年）と表現している。

安吾と浅草

浅草のお好み焼き屋「染太郎」を楽しい店にしたのは、初代店主崎本はるのおかげである。染太郎は居心地がよいために、芸人や文士等の集まる店になった。

高見順の小説『如何なる星の下に』（一九三九年）に出てくる「惚太郎」は、「染太郎」がモデルである。二の酉の日には、現在でも、高見順を偲ぶ会が開かれている。その他、檀一雄、江戸川乱歩、開高健等の錚々《そうそう》たるメンバーが通っている。

安吾も常連だった。酔いつぶれて泊まってしまうのはしょっちゅうである。執筆しはじめると、はるを眠らせずに傍に座らせた。原稿用紙がなくなると、いつ何時でも買いに行かせる。我儘《わがまま》で淋しがりやである。豪放磊落《ごうほうらいらく》にみえるが、臆病でもある。素のままでいることが許される店だった。

店には「テッパンに手をつきてヤケドせざりき男もあり」の色紙が掲げられている。安吾が手をついてしまった鉄板は、本店の二番テーブルとして使われているが、実際は、はるの気転のきく処置で火傷には至らなかった。「ヤケド」とは、かつて騙《だま》されて金をとられた痛い記憶を指すようだ。

はるの息子仁彦氏が、学校での作文をうまく書くにはどうしたらいいかと安吾に尋ねたところ、安吾は何気なく答えたという。

「読み返さないことさ」

安吾らしい指南である。

レストラン「ボンソワール」には、散歩がてらに、三千代と三千代の妹と愛犬ラモーと出かけた。

安吾は、ドライマティーニーを三、四杯飲み、サーロインステーキをラモーと半分にわけて食べた。三千代と妹は、その都度違うものを注文したが、安吾は、いつも同じものと決まっていた。

桐生時代

安吾は一九五二（昭和二七）年、作家南川潤との縁で桐生に出かけた。はじめて行った店が「芭蕉」である。そこでは地元の「桐生文化学院」に関わるメンバーと英国製のドライジンを飲んだ。はしごした先は、「カフェ・パレス」である。

「桐生にはこういう連中がしょっちゅう集まっているんか。気に入った。桐生に住む。家を探せ」

このようないきさつから、桐生に移住することになった。

当時、お手伝いをしていた近藤絹子氏の話によると、安吾は客があると、金のあるなしにかかわらず、大盤ぶるまいをした。客のためによくとっていたのは鰻である。印税も差し押さえられていたが、お手伝いの給料も月二〇〇〇円と奮発している。

普段口にしているつまみは、火鉢にフライパンを置いて、鶏モツをバターで焼いて七味をふったものである。

魚はヒラメやホウボウ等、贅沢なものが好きだった。

正月にはカレーを作った。大鍋で鶏ガラのスープをとり、骨付き鶏肉で水炊きも作った。

プロパリン中毒があらわれたり、松本にて、アドルムとウイスキーが原因で暴れて、留置場に入れられる事件があった。しかし、一九五三年に長男綱男が生まれると、「五十ちかい年になってはじめて子ができるというのは戸惑うものである」（『砂をかむ』一九五五年）と記しながらも、子を想う気持ちからだろうか、それまでの生活を一新させる。

あたかも〈ゆずりは〉のごとく、長男の生を授かる替わりに、一九五五年二月一七日、安吾は脳出血で亡くなった。四八歳だった。

中原中也――「聖なる無頼」派詩人――

なかはら・ちゅうや　一九〇七〜一九三七

明治四〇年四月二九日生まれ。高橋新吉の影響で詩作を始める。大正一四年上京し、小林秀雄と交わる。昭和九年、第一詩集『山羊の歌』を刊行し、「四季」「歴程」の同人となった。昭和一二年死去。三〇歳。山口県出身。東京外国語学校（現東京外大）卒。詩集に『在りし日の歌』など。

詩人中原中也の誕生

中原中也は、一九〇七（明治四〇）年四月二九日、山口県の湯田温泉に生まれた。父謙助は陸軍医。母フクは、叔父の医師中原政熊の養女である。フクは中也と実母と一緒に謙助のいる旅順に行くが、以後、謙助の赴任先に従い、山口、広島、金沢に移る。

一九一五（大正四）年、中也が八歳のときに、弟亜郎《つぐろう》が亡くなる。中也は、この悲しみを歌ったものが、最初の詩作だと述懐している。

謙助は養子縁組を届け出て、一家は中原姓を名乗ることになった。

小学生の時の中也は、神童と言われ、県立山口中学に一二番で入学する。が、一学期の試験では八〇番におちてしまった。読書に没頭するあまり、学業を怠るようになったため、両親は、なんとか文学に傾倒することを阻止しようとした。が、効果はなかった。生活は、昼と夜とが逆転する。ついに落第し、京都の立命館中学に転入学することとなった。

一六歳で放蕩を知り、知り合った長谷川泰子と翌年には同棲。一八歳の年に、予備校に行く名目で泰子と東京へ。親には日本大学を受験すると伝えていたが、わざと遅刻をすることで不合格。泰子は、中也の親友小林秀雄のもとに去っていった。

翌年四月、日本大学予科文科に入学するが、親に内緒で九月には退学。

一九二八（昭和三）年、中也二一歳の時、父謙助が亡くなる。中也は葬儀に参列しなかった。

一九三〇（昭和五）年、中央大学予科に編入学し、翌年、東京外国語学校専修科仏語部に入学。卒業したのは、二六歳のときであった。

一九三二（昭和七）年、『山羊の歌』の編集を終えるが、刊行に至らず、この頃から強迫観念に陥り、幻聴を覚えるようになっていった。

翌年、従妹に結婚を申し込むが断られ、遠縁にあたる上野孝子と結婚。

『山羊の歌』の刊行は、一九三四（昭和九）年、小林秀雄の尽力により、やっと実現した。

一九三六（昭和一一）年、長男文也の病死に遭う。精神の変調をきたし、幻聴の症状も亢進した。

翌年九月、痛風を患い、『在りし日の歌』の清書を小林秀雄に託す。翌月、結核性脳膜炎で入院するが、二二日に帰らぬ人となった。

翌年、次男愛雅も亡くなり、『在りし日の歌』が刊行される。

中也は、わずか三〇年の生涯にわたり、三五〇編もの詩をのこした。

「魂の労働者」＝「詩人」を貫こうとした中也は、「犬でも虫でも就職はせぬ」と称して、自分で汗を流して働くことはなく、一生親のすねをかじる〈ニート〉だった。当時のサラリーマンの給料よりずっと多い仕送りは、八〇円から一二〇円ほどまでつりあげられて、中也が亡くなるまで続く。母フクの言う「肝焼き息子」（親不孝な子供）は、一生変わることはなかった。

子供そのものだった中也

幼稚園の頃、いじめっ子がいて、中也は母フクに泣きついた。母は、中也より先に家を出て、そのいじめっ子に菓子を与えて、中也をいじめないように頼んだ。以後、中也はいじめられなくなった。

広島時代のことである。中也は、のちのちまでも広島での思い出を懐かしそうに話したという。母は中也をかわいがった。一種の〈性格破壊〉ぶりは、この幼児期からの甘やかしから生まれたのかもしれない。しかし、親にとって、子はかわいい。

「中也はほんとうによくいうことを聞く、やさしい子供でした。子供とは思えんほど、ききわけがよかったんです。」（中原フク述・村上護編『私の上に降る雪は』一九七三年）

子供の頃の中也は、大病しなかったが、胃腸が弱く、よく下痢をした。蒲団を汚したりすると、こう言ったという。

「お母さん、ごめんなさい。ぼくブドウをたくさん食べて、悪かったね。」

フクは、「正しい食物を食べて、正しい人間を作れ」という「食養会」の講演会に興味をもち、山口時代では四人の男の子たちのために玄米食にした。現代の〈食育〉である。

子供たちは「こんなものよう食べん」と言っていたが、ごま塩をかけてやると不平を言わずに食べるようになった。

中也の後年の暴れん坊ぶりのみを顧みると、〈食育〉は失敗だったのか。

中也は一六〇センチメートルあるかないかの小柄で力もなかった。酒に酔うと、弱そうな相手に喧嘩をしかけた。酔った勢いで、中村光夫の頭をビール瓶でなぐったこともある。しかし強そうな相手——たとえば大きい坂口安吾には、拳闘のまねだけをしたという。

中也は、友人によく一、二円の借金を申し込んでいたが、返す気は毛頭なかった。大岡昇平は、それに違和感を覚えて金を貸さなかった。二人は、次第に気まずい関係になっていく。

中也の内部では、矛盾することなく、攻撃性と優しさが共存していたと思われる。

親や子への愛情は、厚い。

前に触れたように、中也は三歳年上の女優長谷川泰子と同棲していたが、親友小林秀雄に奪われた。いわゆる〈コキュ〉である。原因は、どうやら中也の暴力にあったようだ。

ところが中也は、泰子が小林の家に引っ越す荷づくりの手伝いをした。三年後、泰子が小林と別れると、心配して何かと世話をしている。また一九三〇（昭和五）年、泰子が山川幸世の子茂樹を産むと、その名づけ親にもなった。泰子と同棲中も放蕩していたようだが、〈愛〉を貫いた。

吉田秀和は「『ああ、俺は赤ん坊になっちゃった！』と叫びながら、急に畳の上に仰向けにひっくりかえって」「そうなったまますいぶん長くいた」中也の様子を伝えている（『ソロモンの歌』一九七〇年）。

「詩以外のことではまるで子供も同然」（「千葉寺雑記」一九三七年）と自他ともに認めていたように、中也は子供のまま成長したのだった。

葱とみつば

父謙助は、美食家であり大食漢だった。夏の刺身は必ず氷の上にのせてなければならない。魚によっては西洋皿いっぱいに並べられ、酢蛸といえばどんぶり一杯あった。それに副《そ》えたチシャッ葉は山盛りである。

父謙助の夕食は、家族の食堂とは別の部屋に、朱丹《しゆたん》の食卓をもちこみ、その上に多様で大量の御馳走を配置して始まった。毎夕、長時間の食宴が繰り広げられるようなものである。食事の途中、中也は必ず呼び出され、「二兎を追うものは一兎を得ず」を毎日聞かされた。文学に傾倒して学業が疎《おろそ》かになった頃である。将来家長として同じ場所に座るはずの中也に期待する、父特有の教育だった。

朝食は寄宿舎のようだった。

朝御飯は父と祖父をのぞき、家族も使用人も台所で食べた。家族は大きな食卓を囲み、看護婦たちは一人一人の膳をもっていた。膳には抽出しがあり、その中に御飯茶椀、汁椀、湯飲茶碗、皿、箸などが入っている。一汁・一菜で十分御飯がたべられた。各人セルフ・サービスであるから、立ったり座ったりする間に食べるようになる。めまぐるしく喧ましかった。

（中原思郎『兄中原中也と祖先たち』一九七〇年）

中也は家を出ることにより、この喧噪《けんそう》ともいえる食環境が極端に変わった。それは家を担っていく長兄としての柵からの脱出を意味していた。

中也は、泰子を「俺の柿の葉一三枚」と形容したが、富永太郎に「そばにおいても邪魔にならない女だ」と言っている。富永はたいていい夜遅くまでチェーホフ等の話を中也としていたので、夕食も二人と一緒にした。

泰子はその時分を回想して語っている。

私は簡単ですから、イカ刺をよくつくり、ときにはお魚を煮たり焼いたりもしました。水をつかう下ごしらえは、階下の古井戸のところですませ、あとは六畳の間でやりますので、そこの床の間に七輪などを置いて調理場がわりにしておりました。富永さんも中原も、とくに食べもののことには何もいいません。もちろんお金がなかったから、酒を出すようなこともありませんでした。

（長谷川泰子述・村上護編『中原中也との愛 ゆきてかへらぬ』一九七四年）

中也は、泰子のちょっとした失敗をとりあげて、からかった。泰子が怒ったままご飯を茶碗によそっているのをみて、「怒ってるといって、ご飯よそってるじゃないか。それは怒ってない証拠だよ」と言う。京都時代の中也はおだやかで、泰子に対して兄のようにも父親のようにも接し、作った詩をよく読んでくれたという。

中也は、水に晒した刻み葱にソースをかけてよく食べていた。既成概念を否定するダダイズムの影響は、詩のみならず、食べものにもあったようだ。

「生きてゐた時に、／（中略）／みつばのおしたしを食つたこともある、／と思へばなんとも可笑しい」（「骨」）と、死後自分をふりかえる設定で書いた詩にあるように、中也にとっての「みつばのおひたし」は、毎日買って食べていた、自分の生きた証の食べものの一つだった。

銀杏の味

文也が二歳で小児結核に侵されて亡くなったとき、中也は、葬儀中、その亡骸を抱いたまま離さなかったという。

中也がひどいノイローゼになったとの電報を受けた思郎が心配をして元旦に上京すると、中也は一階のひさし屋根に座っていた。思郎が降りて酒を飲もうと促すと、静かに従ったが、胡坐から正座になって、酒杯を先にとるべきか、お椀の蓋を先にすべきか、箸は右手におくべきか、それとも左なのか、食事作法の順番にこだわった。

思郎が無理やり酒を飲ませると、中也は少し笑うようになり、二人は正月のタクシーをようやくつかまえて、三好達治、佐藤春夫の家を訪れた。どちらの家でも酒は飲まず、中也は思郎を銀座に誘った。

何件か飲んでひきあげようというとき、中也は銀座の雑踏の中で夜店の銀杏を沢山買い込み、帰りのタクシーの中で、ボリボリ食べた。思郎は中也の食欲に異常を感じたように憶えている。

家の近くで中也は足をふととめて、「思郎、屋根の上に白蛇がいる」と言った。思郎が黙っていると、中也は「そうか、白蛇が見えないか」と言って、わしづかみにした銀杏を思郎の口の中にねじこんだ。思郎はそれを吐き出す。中也は眼をすえて「そうか、銀杏の味が分らんのか、そうか、銀杏は俺一人で沢山だ、思郎、銀杏の味を知らんものは幸福者なんだぞ」と言った。

数日後、中也は千葉の精神病院に入院させられる。銀杏の本当の悲しい味を知った結果だった。

最期の煙草

中也は太宰治を「青鯖が空に浮かんだような顔」と形容したが、永井龍男は初対面の中也について「よごれたゴムまりをぬれ雑巾でひと拭きしたような顔をしていた」（「中原中也」一九六六年）と表現している。「初印象は、なにか、いたく不吉な感じ」で、「ながく日の目を見ないかの皮膚の色とか、ゴールデンバットの脂《やに》にしみた指とかいうものが、少年であるにもかかわらずそのような印象を残したに違いない」と記している。

中也一八歳。すでにヘビースモーカーだった。

中也は臨終の際にも、煙草を吸うときのようにして母フクの指を自分の二本の指ではさんだ。「おかあさん」と二度ほど呼ぶ。自分の指にはさんだ母の指を二度ほどはじく。煙草を吸っている気持ちである。「僕は本当は孝行者だったんですよ」と言い、「今に分るときが来ますよ」とつけ加え、数秒おいて「本当は孝行者だったんですよ」と言った。最後の声は正気の声であった。中也の指は母の手から離れて落ちた。

思郎は、「中原家から『聖なる無頼』が消えた感じであった」(『兄中原中也と祖先たち』)と伝えている。

中也の芸術は、言うまでもなく聖と俗との双方の資質があって誕生したのだった。

武田百合子――「食」の記憶――

たけだ・ゆりこ　一九二五～一九九三
大正一四年九月二五日生まれ。昭和二六年、武田泰淳《たいじゅん》と結婚。泰淳の死後、夫との生活を記した『富士日記』で、五二年、田村俊子賞を受賞。五五年『犬が星見た――ロシア旅行』で読売文学賞随筆・紀行賞を受賞。平成五年五月二七日死去。六七歳。神奈川県出身。横浜第二高女卒。

作家武田百合子の「生」

武田百合子は一九二五（大正一四）年九月二五日、神奈川県横浜市に生まれた。家は大地主だった。祖父鈴木弁蔵は米騒動の時に、役人に賄賂を与えて情報を得ていたために殺害された「悪人」と称された人物である。後年、その事件に興味をもった夫武田泰淳は作品にした。そのために親族間でぎくしゃくしたが、百合子の父は婿養子だったために血のつながりはない。しかも実母は早く亡くなり、母方の叔母が百合子を実質的に育てた。

神奈川県立横浜第二高等女学校（現横浜立野高校）在学中に、同人誌「かひがら」に詩や文章を発表し始める。

卒業後、学校の紹介で横浜の高等師範付属図書館に勤務する。

空襲で家屋を全焼し、疎開した山梨県の札金温泉で終戦を迎えた。

戦後は長兄の家に行くが、その後、弟修と暮らす。農地改革で財産を失い、その日の糧に困るというほどではなかったようだが、「出版社や作家（海音寺潮五郎）の秘書などの仕事を転々とし、化粧品やチョコレートの行商など」もした。

「世代」の会に入るが、投稿はしなかったようである。しかし、「世代」の同人たちと晩年まで交流をもった。同人には、八木柊一郎、中村真一郎、中村稔、吉行淳之介、いいだもも、遠藤麟一郎、小川徹、矢牧一宏等がいた。

「神田の出版社昭森社に勤務、森谷社長の経営する階下の喫茶店兼酒場ランボオにも勤め、武田泰淳と知り合う。」

一九四八（昭和二三）年、鈴木家を出て泰淳と同棲。転居、妊娠、堕胎を繰り返し、五一年一〇月、花子（写真家・武田花）が生まれると同時に入籍した。

泰淳の実家の寺に住んでいた時は、卒塔婆《そとば》書き等を手伝っていた。

自動車運転免許を取得して泰淳の送迎をし、復刊した「かひがら」にも投稿し始める。

一九六三年、山梨県南都留郡鳴沢村富士桜高原に「武田山荘」が建つ。百合子一人で決断したものだった。六五年晩春あたりから東京と往復する暮らしがはじまり、泰淳に促されて『富士日記』の原型が記されるようになった。

一九六五年、泰淳、竹内好とともにソビエト社会主義共和国連邦とスウェーデン、デンマークを旅行する。この経験は、後の『犬が星見た——ロシア旅行』(一九七九年)に結実する。

一九七一年、泰淳が糖尿病による脳血栓で入院。その後、百合子が原稿の清書、口述筆記を手伝うようになった。

一九七六年、泰淳が胃ガンおよび転移した肝臓ガンにより息をひきとる。

一九七七年、『富士日記』刊行。日常における泰淳とのやりとりが、独特な視点と文体で綴られている。田村俊子賞を受賞。その後、『ことばの食卓』(一九八四年)、『遊覧日記』(一九八七年)、『日々雑記』(一九九二年)を刊行。

一九九三年五月二五日、肝硬変で亡くなる。享年六七。

作家を夫にもつと、どうしても「何々作家の奥さん」と言われがちだ。泰淳は偉大な作家だが、生前の武田百合子は、泰淳夫人という紹介のされ方をしてきて気の毒に思うことがあった。もちろん、人生のパートナーの影響は大きいことを認めた上で、武田百合子は自立した作家なのだと言いたい。二人の編集担当者だった村松友視《ともみ》が、「詩人の魂で散文を書いていた」（『百合子さんは何色』一九九四年）と述べたが、百合子の観察眼は天賦のものだ。とくに〈食〉に対する切り口と個性的な描写は、特筆に値する。

『富士日記』より

『富士日記』を読むと、日々の朝昼晩の献立が記録されている。たとえば「昭和四一年一月一日」は快晴の元旦である。

朝　お雑煮（豚肉、かき玉、ねぎ）、黒豆、だてまき、昆布まき、かまぼこ、酢ダコ。花子はカルピス、主人と私はビールで、新年の挨拶をする。「明けましておめでとう。今年もどうぞよろしく」

山荘での材料を工夫した雑煮や屠蘇《とそ》がわりのビールは、高度成長期の新しい「家」を象徴しているようでおもしろい。

昼　ごはん、さわら味噌漬、豆腐味噌汁。
夜　ふかしパン、串カツ、きゅうりとキャベツ酢漬、果物のゼリー。

一日の献立と相対化して、自分の食事量の多さを反省してみるのも楽しい。永井荷風の『断腸亭日乗』（一九一七〜五九年）もそうだが、日記は、作家と作家をとりまく世界の描かれた「文学」であることが再認識させられる。

「昭和四六年十月二四日」の部分では、外から帰ってきた猫タマの顔に黒いひげがはえている事件が記される。ひげではなかった。

「あ、タマ。蛇をくわえてきた。とうちゃん、見てごらん。タマの顔はダリにそっくり。」

タマは、仕事場の前にすわって蛇をくわえたまま待っている。

「いいか。タマを入れちゃいかんぞ。絶対に開けるな。俺はイヤだからな。タマをどこかへつれてけ。蛇は遠くに棄ててこいよ」。主人は中から、急に元気のなくなった震え声で言う。

百合子は蛇をくわえたままのタマを風呂場に閉じ込める。しばらくして見に行くと蛇は死んでいた。

蛇を箸でつまんで犬の墓のところを掘って埋める。「もう大丈夫。埋めてしまったから」と私の顔が入るだけ襖《ふすま》をあけて報告した。

夜　桜めし、おでん、漬物。

日常のさりげない出来事だが、蛇におびえる泰淳、蛇をしまつする百合子の関係は、一般的な男女間の構図を逆転させているようである。日常生活において庇護する側は百合子なのだ。すぐさま、日常的な夜ごはんの献立が記されるのだが、記された夫婦の関係も死んだ蛇を埋める箇所も、文学作品なら伏線である。

この年、泰淳は脳血栓で入院することになる。『富士日記』の最後は「昭和五一年九月二一日」である。赤坂病院に入院する前日にあたる。

竹内好と埴谷雄高《はにやゆたか》が見舞いにくる。三人でとった寿司を食べていると寝ながらそれを見ていた泰淳が「すしが食べたい」と言う。「かっぱ巻き一つといかに醬油をたっぷりつけて」あげると「御機嫌」になる。すると「かんビールくれ」という。竹内が「今日は誰も飲んでいないよ。よくなったら飲もう」と言うと、湯呑みにビールいれて三人だけ飲んでいるという。「かんビールをポンとぬいてスッとのむ」と、手つきをして繰り返してねだる。「かんビールをポンとぬいてスッとのむ。簡単なことでしょう。かんビールくれ」と言う。

二人が帰ったあとも、泰淳は花子にねだり、ダメと言うと「それでは、つめたいおつゆを下さい」という。結局その夜は「薬（殆《ほとん》ど消化剤とビタミンC）をのんで、せいせいしたように眠りに入った」。そして百合子は眠らずに朝を待つ。

ユーモラスに描かれているが、泰淳に効く薬はすでになくなっているようだ。ビールを求める泰淳へのまなざしに、一緒にビールを飲めなくなった泰淳へのせつない思いが重なっている。

〈食〉の記憶

『ことばの食卓』の中に「枇杷《びわ》」という作品がある。

作者が枇杷を食べていると、普段果物を食べない夫がやってきてうすく切ってくれと頼む。

「ああ。うまいや」

枇杷の汁がだらだらと指をつたって手首へ流れる。（中略）一切れずつつまんで口の中へ押し込むのに、鎌首をたてたような少し震える指を四本も使うのです。そして唇をしっかり閉じたまま、口中で枇杷をもごもごまわし、長いことかかって歯ぐきで嚙みつくしてから嚥《の》み下しています。（中略）二個の枇杷を食べ終ると、タンと舌を鳴らし、赤味の増した歯のない口を開けて声を立てずに笑いました。

「こういう味のものが、ちょうどいま食べたかったんだ。それが何だかわからなくて、うろうろと落ちつかなかった。枇杷だったんだなあ」

徹夜で原稿を書き上げた夫のことば、夫の手等の記憶をよみがえらせた作者は、「ひょっとしたらあのとき、枇杷を食べていたのだけれど、あの人の指と手も食べてしまったのかな。——そんな気がしてきます。夫が二個食べ終るまでの間に、私は八個食べたのをおぼえています」と結ぶ。

短い作品なのだが、エロティックでもあり、芸術の真髄に触れた瞬間が示唆されているようであり、築かれてきた夫婦が一緒に過ごした時間、そして今は夫のいない喪失感が「枇杷」をとおして描かれている。

食べものは、味覚とともに、誰とそれを共有したのか、記憶に刻まれる。

山口瞳――〈食〉へのこだわり――

やまぐち・ひとみ　一九二六～一九九五
大正一五年一一月三日生まれ。寿屋《ことぶき》（現サントリー）宣伝部に勤める。昭和三八年、『江分利満《えぶりまん》氏の優雅な生活』で直木賞。五四年、『血族』で菊池寛賞。また三八年から「週刊新潮」にエッセイ「男性自身」を連載し、死の直前まで足かけ三二年、都会人の日常の哀歓をつづった。平成七年死去。六八歳。東京出身。國學院大卒。

サラリーマンから専門作家へ

山口瞳は一九二六（大正一五）年、東京府荏原郡入新井町（現大田区）に生まれた。父は実業家、母は横須賀の柏木田遊郭経営者の娘である。交遊関係が広いため、賑やかな家だった。一時、父親の事業がうまくいかないこともあったが、家庭環境から得ることのできた人脈と培《つちか》われたコミュニケーション能力の高さは、山口の終生の宝になったようである。

両親の出自への興味は、『血族』（一九七九年）に表れている。

旧制麻布中学を出て、旧制第一早稲田高等学院中退。兵役を経て、戦後まもなく鎌倉アカデミアに入学する。講師の吉野秀雄、高橋義孝たちから多大な影響を受けた。

國學院大學文学部に入り直し、卒業後、河出書房の「知性」編集部に所属する。ところが、同社が倒産。

一九五八（昭和三三）年、開高健の推薦で寿屋（現在のサントリー）に入社し、「洋酒天国」の編集、コピーライターとしても活躍する。代表作である懸賞コピー「トリスを飲んでHawaiiへ行こう！」は、ミドルエイジの誰もが見たり、聴いたりしていることだろう。

柳原良平の個性的な絵は、その後の山口文学の表紙や挿絵にも登場する。

「婦人画報」に連載した『江分利満氏の優雅な生活』（一九六三年）にて直木賞受賞。しばらく二足のわらじを履くが、「週刊新潮」の斎藤十一から執筆依頼があったことを契機に、サントリーを退社する。

専業作家として生きることを決意させた仕事は、同誌に連載された「男性自身」シリーズである。亡くなるまで約三一年間、一六一四回「仔象を連れて」まで続いた。

競馬、将棋、野球等にも造詣《ぞうけい》が深く、多数のエッセイがある。

慶應義塾大学病院から聖ヨハネ会桜町病院のホスピス病棟へ転院した次の日、一九九五（平成七）年八月三〇日に息をひきとった。肺ガンだった。
入院してはじめて顔合わせしたとき、山口瞳は山崎章郎院長に「ありがとう」と言ったという。

アンチグルメの〈食〉へのこだわり

山口瞳の〈食〉へのこだわりは、蘊蓄《うんちく》を並べたり、絶品の味を珍重したりするいわゆるグルメとは異なるようだ。

私のもっとも好きな食物は、牛肉屋やコロッケ屋で売っている出来あいの野菜サラダである。ポテトの甘みと芥子《からし》との調和は絶妙であると思う。母は、こういうものを決して買ってくれなかった。きっと、腐敗しやすいというのが根拠であったのだろうと思う。たしかに品のいいものではない。私は、これを八百グラムばかり買ってきて、冷蔵庫で冷やしてから、丼をかかえこんで食するのを非常なる快とする。第一に、やすくって腹にたまるのがいいや。母に対する積年の復讐をとげているような心持がする。

（「おふくろの味」一九六七年）

少々行儀の悪い食べ方を〈快〉とするところは、青年の反抗期のような気分である。しかし、テイクアウトのポテトサラダから、もう鬼籍の人となってしまった母親を思い出している。「ようやく俺の代になったな、と思った」という結びには、母親への追懐の思いも込められている。

まずさにこだわらないのも山口瞳である。

どの店でも味が違うということは不安であるはずなのに、私ははじめての店ではカレーライスを注文してしまう。なぜかというと、カレーライスはまずくてもいいからである。ちぇっ、まずいね、このカレーライスは、と思ったことがない。まずくてもいいのである。まずければ不味いなりに妙味があるから妙である。

（「カレーライス」一九六五年）

なるほど、学食やスキー場のレストハウス等で何を食べようかと迷うと、カレーライスを注文することが多い。

ただし、そこから「妙味」を見出すのは、山口瞳流である。

観察する人間模様がおもしろいことも、いい店の条件であるようだ。

駅前に鰻屋がある。キモ、二十円。レバー、エリ、ヒレ、十円。くりから、五十円。というウナギ屋である。それぞれに、にがい、やわらかい、かたい、と書いてある。これがまことにうまいんだな。だから非常に繁昌《はんじょう》しているんだな。いつもだと、なかなかはいれない。店の前を三度通り過ぎて帰ってきてしまったこともある。正面の板の前にすぐに坐れたのは、やはり土曜であって、早い時刻であったせいだろう。

（中略）うなぎ屋の主人は、あとで勘定がしやすいように、間違いが起らないように徳利《とっくり》も鰻の串もそのまま残しているのだった。四人のなかの一人は、受験生が勉強をするときのように手拭で鉢巻をして、勉強しているような真剣な態度で酒を飲んでいた。決意のようなものが彼の眉のへんに漾《ただよ》っている。それは、酒もうなぎもキャベツもうまいからに違いない。どんなことでも、真剣な様子は見ていて気持がよい。

（「梯子酒」一九六七年）

最も大切なのは、店主の節度のある心意気と心がけなのだろう。息子の正介氏も、次のように述べている。


父が愛したのは十年、二十年の付き合いができる店だった。毎週一度通って五年目ぐらいに、店に入ると主人が懐かしそうな笑顔を少しみせる、というぐらいの感じが好きだったように思う。

十年目になってはじめて、店の者が食べようと思っていたものですが、などと言って小さな皿小鉢に一品だしてくれるような店といえばお分かりだろうか。

（「父と酒と食事」一九九六年）

山口瞳が通った店

昵懇《じっこん》だった嵐山光三郎氏は、山口瞳の住んでいた国立にある行きつけの店を紹介している。

ロージナ茶房、そば芳、繁寿司、山口瞳の絵の個展が行われていた画廊喫茶エソラ、

『居酒屋兆治』（一九八二年）のモデルになったもつ焼きの文蔵等。

嵐山氏は、山口瞳が国立を愛したのは、「国立に住む無名の職人たちへの共感ではないかと思う」と指摘している。（「山口瞳が愛した国立」一九九六年）

『行きつけの店』（一九九三年）では、函館から長崎まで全国の二三店が紹介されている。

「鉢巻岡田の鰹の中落ちを食べなければ（私にとっての）夏が来ない」

夫婦でもよく出かけたようで、山口瞳がそれを好きだと知った主人が、黙っていても自然と出すようになったという。あるいは
「九段下の寿司政のシンコを食べなければ、秋が来ない」

そして
「鉢巻岡田の鮟鱇《あんこう》鍋を食べなくちゃ、冬が来ない」

食べ物が季節を呼ぶ。

山口瞳は、はち巻岡田の先代のお内儀うさんが大好きだった。

　私が、初めての客を連れて行ったとする。すると、うさんは、その客にしか話しかけない。私のほうは見向きもしない。それが実に嬉しかった。その意味を解説するの

もどうかと思うのだが、私は客を接待しているのである、最大の接待は、その初めての客の居心地をよくすることである。良い気持にさせることである……といったようなことが、言わず語らず、うさんに通じているのである。

粋なはからいが、ごちそうなのである。

家庭での食生活

妻の治子氏は、鎌倉アカデミアで山口瞳と知り合い、一九四九（昭和二四）年に結婚している。

中島茂信氏の聞き書き『瞳さんと』（二〇〇七年）を読むと、山口瞳の家庭での食生活も窺うことができる。

山口瞳はサントリーの社員だったが、家ではもっぱら日本酒党で、飲むのは剣菱《けんびし》や菊正宗だった。

中華あんのかかった固焼きそばに辛子をたくさんつけて食べるのが大好きだった。

日本蕎麦も好きで、麻布に住んでいた頃は、麻布永坂更科本店に通っていた。食べやすいさらさらした蕎麦が好きで、糖尿病だったために脂っぽい天ぷらはなるべくひかえていたようである。

浅草に出かけると、並木の藪蕎麦によく食べに行っていた。

「天ぬきを酒の肴にして呑むのが旨いんです」

とも言っていた。この食べ方には、どうやら高橋義孝の影響があるようだ。

山口家では、うどんは野暮だと思っていたようである。

しかし鍋焼きうどんだけは、時々食べていた。出前でとると、鍋焼きうどんを火にかけて、さらにやわらかく煮て食べるというこだわりがあった。

松茸の到来物があれば食べたが、上等だからといって食べる人物ではなかった。治子氏は、「美味しいから食べる人だった」という。

筍ご飯だとか、松茸ご飯だとか、混ぜご飯が好きで、なかでもとくにグリーンピースご飯が好物だった。母親の得意料理だったのかもしれない。

酒の肴にはお新香があればいいみたいなところがあった。お新香のお茶漬けが好きで、ご飯を盛ったどんぶりの上にお新香をのせ、熱いお茶をかけて食べていた。

生活は不規則だった。朝の九時や一〇時頃に起きて朝食をとったあと、またひと寝入りする。お昼頃に起きて来て、夫婦で一橋大学の校内やグラウンドなどを散歩してから、駅前のロージナ茶房でコーヒーやトーストをとり、家に戻った。日中は、ほとんど仕事をせずに、敷きっぱなしの蒲団に少しもぐり込むこともあった。

治子氏は、京都市立病院に入院中の夫瞳から、誰にも見せてはいけない、捨ててもいけないと書いてある手紙を受け取っている。

ぼくは幸福な夫だ。それから、きみは世界でいちばん素適な夫を持った妻なんだよ。信じてください。

このようなことばこそが、夫婦間での最高のご馳走だったのではないかと思われる。

藤沢周平——〈カタムチョ〉の舌——

ふじさわ・しゅうへい　一九二七〜一九九七
昭和二年一二月二六日生まれ。中学校教師、業界紙記者などを勤める。四八年『暗殺の年輪』で直木賞受賞。武家もの、市井ものを中心とした時代小説に下級武士や庶民の哀歓を端正な文体で描き、人気作家となる。六一年、『白き瓶』で吉川英治文学賞、平成二年、「市塵」で芸術選奨。平成九年死去。六九歳。山形県出身。山形師範卒。

作家藤沢周平の誕生

藤沢周平は、一九二七（昭和二）年一二月二六日、山形県東田川郡黄金村大字高坂（現鶴岡市高坂）に、農業を営む家の次男として生まれた。本名小菅留治。鶴岡印刷、黄金村役場の税務課で働きながら、山形県立鶴岡中学校（現山形県立鶴岡南高校）夜間部に通い、山形師範学校（現山形大学）に入学する。

卒業後、湯田川中学校に国語と社会の教師として赴任。ところが二四歳の時、肺結核に罹患《りかん》し、六年程の闘病生活を送ることになった。その間、療養仲間との俳句同好会に入り、静岡の俳誌「海坂」へ投句する。

業界新聞社を転々とし、一九五九（昭和三四）年に結婚。サラリーマン生活の傍ら、一九六二年頃から時代小説を執筆し始める。

一九六三（昭和三八）年、長女展子が生まれる。八か月後、妻悦子がガンで死去。二八歳だった。この哀しみは、初期文学の色調に影響を与えているようである。

一九六九（昭和四四）年、和子と再婚。

一九七一（昭和四六）年、『溟《くら》い海』にてオール讀物新人賞、二年後、『暗殺の年輪』で第六九回直木賞を受賞。一九八六年には、『白き瓶』により吉川英治文学賞を受賞。続けて多くの賞を受賞した。

一九九六年、肺炎で入退院を繰り返し、一九九七（平成九）年一月二六日、帰らぬ人となる。

司馬遼太郎文学の多くの登場人物とは対照的な、下級・微禄の藩士、江戸下町に住む無名の人々を描いた時代小説が高く評価されている。

〈海坂藩〉そして庄内地方の〈食〉

『三屋清左衛門残日録』（一九八九年）の主人公清左衛門は用人を務めたが、今は〈隠居〉している身である。完全に枯れているわけではなく、藩の抗争の後始末に駆り出されていく。まさに〈残日〉という微妙な時間を生きている。

物語に頻出する「涌井」という小料理屋は花房町にあるが、舞台は、藤沢周平の故郷鶴岡市の上肴町がモデルとなっている。おかみであるみさの切り盛りする「涌井」は、「海から上がったばかりの魚を、大いそぎではこんで来て喰わせるので評判がよかった」。

（「平八の汗」）

店で供するものは、蟹の味噌汁、小鯛の塩焼き、豆腐のあんかけ、山菜のこごみの味噌和え、酒粕を使った筍の味噌汁、山ごぼうの味噌漬け等のほか、次のようなものがある。

「この赤蕪《あかかぶ》がうまいな」

町奉行の佐伯熊太は、おかみがはこんで来た蕪の漬け物にさっそく手をつけた。

「わしはこれが好物でな。しかし、よくいまごろまであったな。赤蕪というのは、大体これから漬けるものじゃないのか」

「そうです。よくご存じですこと」

おかみのみさはそう言い、手早く清左衛門の膳にも赤蕪と、このあたりでクチボソと呼ぶマガレイの焼いたのを配った。

「赤蕪もナニですけれども、クチボソもおいしいですよ。やっととれる時期になったそうで、昨日から入り出したばかりです。召し上がってくださいな」

「クチボソか。うまそうだな」

町奉行はそっちにも箸を回した。

「うむ、いい味だ」

「ありがとうございます」

「時期といえば、ハタハタがそろそろじゃないのか」

「いや、あれはもっと寒くなってからだ」

と清左衛門が答えた。

「みぞれが降るころにならんと、海から上がらぬ」

「そうですね」

「涌井」のおかみは相槌を打って、清左衛門と佐伯に酒をついだ。

「ハタハタは、大黒さまのお年夜《としや》のころからとれる魚ですから」

（「霧の夜」）


三人の会話の中で「赤蕪」「クチボソ」「ハタハタ」という海坂《うなさか》藩の名物が要領よくとりあげられている。日本海に面した庄内地方のものである。そして、食べものをとおして、季節の移ろいがうまく描写されていることにも気づくだろう。


おかみがもう一杯ずつ酌をして部屋を出て行くと、佐伯は清左衛門の膳にある赤蕪を指さして、もうそれは喰わんのかと言った。自分のはとっくにたいらげてしまっている。

「これがよほど気にいったらしいな」

清左衛門は、ほとんど手をつけていない小鉢の蕪漬けを佐伯に回してやった。

これがあれば、ほかの肴などはいらぬようなものだと佐伯は言った。

（「霧の夜」）


少年にもどったようなやりとりがおもしろい。「涌井」は、居心地のよい〈家〉のような空間だ。

肴は鱒《ます》の焼き魚にはたはたの湯上げ、茸《きのこ》はしめじで、風呂吹き大根との取り合わせが絶妙だった。それに小皿に無造作に盛った茗荷の梅酢漬け。

「赤蕪もうまいが、この茗荷もうまいな」

と町奉行の佐伯が言った。佐伯の鬢《びん》の毛が、いつの間にかかなり白くなっている。町奉行という職は心労が多いのだろう。

白髪がふえ、酔いに顔を染めている佐伯熊太を見ているうちに、清左衛門は酒がうまいわけがもうひとつあったことに気づく。気のおけない古い友人と飲む酒ほど、うまいものはない。

「今夜の酒はうまい」

清左衛門が言うと、佐伯は湯上げはたはたにのばしていた箸を置いて、不器用に銚子をつかむと清左衛門に酒をついだ。(中略)

はたはたは、田楽にして焼いて喰べるのもうまいが、今夜のように大量に茹でて、大根おろしをそえた醬油味で喰べる喰べ方も珍重されている。町奉行は勢いよく、ぶりこと呼ばれるはたはたの卵を噛む音を立てた。浜ではたはたがとれるようになると、季節は冬に入る。

（「早春の光」）

おいしそうな食べものそのものだけではなく、うまいものを共有する大人の男の友情が描かれていることがわかる。滋味がある。

『ただ一撃』（一九七三年）では、庄内地方の民田ナスがとりあげられていた。隠居した身である舅《しゅうと》刈谷範兵衛と嫁の三緒がナスの漬け物でお茶を飲む箇所がある。

東北の農村地区では、今でもある風習だ。

民田ナスは小さい一口サイズである。もともとは京都から移入されたものだという。庄内地方では、いったんなくなりかけたが、塩や辛子に漬けた漬け物の名産として、復興している。

鶴ヶ岡の城下から三十丁ほど離れたところに、民田という村がある。ここで栽培する茄子は小ぶりで、味がいい。春苗を育て、初夏に畑に植えつけて、六月の炎天下に日に三度も水を遣って育てる。このように苦労して水を遣るために皮は薄く、浅塩で漬けた味は格別なのである。茄子の木は次々と可憐な紫色の花をつけて実を結び、七月一杯成り続けるが、八月になると、さすがに木に成る実の数はめっきり減り、水を遣ることもなくなるから皮は硬い。だがその実はまた捨て難い風味を宿すのである。

藤沢周平自身は、口腹《こうふく》の欲は少ない、自分でうまいものをさがすことはできない、料理もつくれない、つくる気もおこらない、つまりはたべものに対する姿勢が受身だという。しかし、次のようにはっきり述べていることに注意したい。

それだから物の味もどうでもいいというわけではない。うまいものはうまいし、まずいものは、やはりまずい。

(『周平独言』一九八一年)

藤沢は、新三種の神器(カー、カラーテレビ、クーラー)と言われて一〇年以上もたってから、白黒テレビがこわれたという理由でカラーテレビを購入したことがあった。アナウンサーの説明で色がわかればいいという。東京の仕事場にもついにクーラーをいれなかった。このような〈カタムチョ〉(庄内地方の方言で、意固地、がんこ等の意)ぶりは、食べものの嗜好にも投影されているのではないか。

荒い磯浜の波が育てる魚、平野で丹念に、精魂こめて作る枝豆、茄子などの蔬菜、そして竹の子、豊富な山菜など。素材そのものがすでにうまい土地なのだ。（『同』）

さらに「塩ジャケの話」でも、庄内の食を懐かしんでいる。

鯛類はやや上品な魚だったろうが、あとはカレイにしろ、ニシン、イワシ、ハタハタ、カナガシラにしろ、ごく普遍の大衆魚である。それがうまかったというのは、結局素材がうまかったのだろう。

正月には、丸餅を焼いた。雑煮は、干したからとり芋の茎、油あげ、茸等を入れた醬油仕立てである。食べる直前に岩海苔をのせて、香りも楽しんだ。

藤沢は帰省の折、故郷の人々と会うことを楽しみにしていて、季節の魚や漬け物が郷土から送られてくると、とても喜んだという。

山形大学農学部の平智氏たちは、藤沢文学に登場する食べ物の種類と登場回数について、「庄内地方を舞台とした作品群の方が庄内地方以外を舞台とした作品群に比べて約2倍も多い」（「藤沢周平の作品に登場する果物と野菜をはじめとする食べ物」『人間・植物関係学会雑誌』二〇一〇年一二月）と、故郷食への志向を数値で明らかにしようとした。

「ごてごてと飾った料理は嫌いで、物本来の味がはっきりわかるような料理が好き」（「日本海の魚」）と述べるところにも、一種の〈カタムチョ〉さがあらわれている。

故郷の日常的な食べ物こそうまい、という藤沢の声が聞こえてくるようである。

父としての藤沢周平

藤沢は、記者時代の同僚の影響で、無類のコーヒー好きになった。

同じ山形出身の井上ひさしは、「一個の猛者」として塩ジャケが好きだったことを証言している（「周平さんと私」一九九七年）。「金網で焼くと呆れるほどいっぱいに塩が吹き出し、薄い切身一枚でご飯を五、六杯おかわりできそうなほどしょっぱく、ギリギリと塩味がきつい」、「腹のあたり」「から吹き出す塩」が「黄色」い昔のものである。この「塩味と脂」のご飯にしみこんだ塩ジャケ弁当の話を何度も繰り返して懐かしがっていたという。

また他に「おいしかったものは、カステラの身と皮の間のところです」とも言っていたと記している。

娘展子が思い出すのは、あたたかい父親像である。

展子が幼稚園生のとき、藤沢は夜なべして手提げバッグを縫った。運動会当日は、早朝から胡瓜と干瓢を巻いた海苔巻きをつくり、アルミの大きな弁当箱につめてくれた。（遠藤展子『父・藤沢周平との暮し』二〇〇七年一月）少女にとっては、少し恥ずかしい大きなアルミ弁当箱だったと想像するが、子育てに奮闘する藤沢の様子が窺われる。

再婚後は、和子に原則として家事を託した。朝食は、毎日、炊きたての白いご飯と味噌汁である。テーブルに並ぶのは、納豆、生卵、漬け物、その他だ。藤沢が、ご飯を食べないと力がでない、と言うのだった。

藤沢は、鱈《たら》のどんがら汁も好物だった。

> 寒風吹きすさぶ海から揚げてきた、寒鱈《かんだら》のどんがら（アラ）を鍋で煮るだけだが、これはなまじの身の部分をたべるよりはるかにうまい。外は吹雪《ふぶき》の夜、これを肴に荒あらしく飲むのもよい。
>
> （『周平独言』）

同じ鱈でも、家庭では、展子とよく「鱈ちり」をつくった。展子が反抗期のとき、和子と喧嘩をすると、和子は六畳間に閉じこもってハンストした。藤沢は、娘が悪いのを承知の上で展子に味方する。

タラという魚はお湯で茹でると、白いアクが出てくるのです。それを父がお玉ですくうのですが、アクは父がすくう速度以上の速さで湧き出てきて、仕舞いには鍋から溢《あふ》れてしまいます。父と私は情けない顔になって、二人で顔を見合わせるのです。
（『藤沢周平　父の周辺』二〇〇六年）

和子が心配して、様子を見に台所へ行くと、藤沢は「喧嘩をしたり泡をすくったり、忙しいな！」。

娘も母親も鱈もぷーとふくれて、藤沢は「まったく」とつぶやく。そして展子に「はやくお母さんに謝りなさい」と言ったという。

再婚後、娘と妻それぞれに気配りをして、愛に包まれた「家族」を築きあげようとしていた藤沢の気持ちも「鱈ちり」から窺われるエピソードである。

おわりに

「食」と文学というテーマに着手して、書き始めたのが、二〇〇一年の二月からである。そして二〇一二年から「食」と作家という視点で調べ始めた。途中、時々休みながら、牛の歩みで今日に至っている。人生は短いのだから、利口な人ならさっさと仕事を完結させるだろう。なまけものの私の力量では、食文化、文学、作家研究……と多岐にわたる領域を「満腹」になるまで研究し尽くせなかった。

私事ながら、母が八二歳の時、大腸ガンになった。食生活に注意するようになって、ガン細胞が転移することはなかったが、九三歳の時、急に立てなくなり、本格的な介護が必要になった。

検査の結果、医者の診断では「誤嚥性《ごえんせい》肺炎」のおそれがあるとのことで、そのまま入院することになった。病室にミキサーを持って行って作った、バナナと牛乳とハチミツとを攪拌《かくはん》したジュースが、最後に母と一緒に口にしたものになってしまった。母は、「甘くておいしい」と言ったが、当日の深夜、発熱した。毎日、食べるためのリハビリはあったが、月日が経つうちに、とうとう点滴、ついにはカテーテルだけで栄養をとらざるを得ない体になった。母は正味七か月間、いわゆる栄養と抗生物質だけで生き続け、ついに旅立っていった。

食事ができなくなれば寿命だという考え方がある。たしかにそのとおりなのだろう。しかし、それが身内や他者が対象となると、遺言でもない限り、そのとおりだと断言できなくなる。つらい日々だった。

母を見送って三年近くなる。最近、若い人と流行のパンケーキを食べに行き、その香りから、ふと若かった頃の母を思い出した。昔の台所の構造から、思い出に浮かぶのは、ホットケーキをガス台で焼く母の後ろ姿である。フライパンを動かす肩の動きが克明に浮かんでくる。覗きに行くと、デパートの食堂で食べるものと比べればいびつで焼きむらがあるが、実においしそうだ。楽しい思い出がよみがえってきた。

記憶はことばで創られる。その言葉で救済されることがある。私が「食」の大切さを痛感したのは、この時である。

専業作家は、言葉の力を信じている。プロフェッショナルなのだから、「食」の記憶を大切にし、その記憶を言葉で再構築して文学を生成していくのに命懸けである。それらの文学を合わせ鏡にして、読者自身の「食歴」はもちろんのこと、「生」を紡《つむ》いでいくのも愉《たの》しいことなのではないだろうか。

本著では、記憶を言葉で記録した、作家の周縁の方々の著作を参考、引用させていただいた。また、作家の行きつけの店にも伺い、お話も拝聴した。深く感謝の意を表したい。

幅広い読者の便を考え、引用には、旧仮名遣いで著されたものは現代仮名遣いにし、漢字は新字体に改めた。原典の回想文は、記憶違いもあって事実と異なる部分があるかもしれないが、明らかな誤謬《ごびゅう》でない限り、資料としてそのまま使用した。現代では差別用語となる表記に関しては、引用ではなく、原文を要約するかたちで表現を変えたところがある。

本著は、「食」と作家というテーマを拓いていった多くの作家や研究者達の書籍の助けによって成立しているが、本文で引用しなかったものもたくさんある。紙面の都合上、最後に「主な参考文献」として一部列挙した。

本著は、二〇一四年二月から二〇一七年一月まで「百味」に連載されたものの一部をとりあげ、改稿した。

前作『作家のごちそう帖』でも触れたように、「食」と文学という課題を提供してくださったのは、「百味」の編集長故中村雄昂氏である。具体的に「食」と作家というテーマを提案してくださったのは、やはり「百味」の編集者である髙橋恭子氏である。そして新書というかたちで本著を刊行するにあたり、仏のような優しい心遣いで拙稿を待ってくださったのは、平凡社の編集者菅原悠氏である。まさに「食」をめぐる素晴らしい出会いとなった。この場を借りて深く感謝申し上げる。

二〇一八年二月

大本 泉

主な参考文献（本文に記したものは省略）

『群像 日本の作家　全三二巻』（一九九〇～九八年、小学館）
『新潮 日本文学アルバム全七五巻』（一九八三～二〇〇二年、新潮社）
『作家の自伝（シリーズ・人間図書館）全一一〇巻』（一九九四～二〇〇〇年、日本図書センター）
コロナ・ブックス編集部『作家の食卓』（二〇〇五年、平凡社）
コロナ・ブックス編集部『作家のおやつ』（二〇〇九年、平凡社）
嵐山光三郎『文人暴食』（二〇〇五年、新潮文庫）
嵐山光三郎『文士の料理店』（二〇一三年、新潮文庫）
野村麻里『作家の別腹　文豪の愛した東京・あの味』（二〇〇七年、光文社）

◆樋口一葉
『樋口一葉全集　全六巻』（一九七四～一九九四年、筑摩書房）
田辺夏子、三宅花圃『一葉の憶ひ出（近代作家研究叢書42）』（一九八四年、日本図書センター）
和田芳恵『一葉の日記』（一九九五年、講談社文芸文庫）
岩見照代他編『樋口一葉事典』（一九九六年、おうふう）
内田聖子『一葉の歯ぎしり晶子のおねしょ』（二〇〇六年、新風舎）

◆泉鏡花

『鏡花全集　全二九巻』（一九八六〜八九年、岩波書店）
村松定孝編著『泉鏡花事典』（一九八二年、有精堂出版）
巌谷大四『人間泉鏡花』（一九七九年、東京書籍）
『新文芸読本　泉鏡花』（一九九一年、河出書房新社）
小村雪岱『日本橋檜物町』（二〇〇六年、平凡社ライブラリー）

◆斎藤茂吉

『斎藤茂吉全集　全三六巻』（一九七三〜七六年、岩波書店）
北杜夫『青年茂吉――「赤光」「あらたま」時代』（一九九一年、岩波書店）
北杜夫『壮年茂吉――「つゆじも」「ともしび」時代』（一九九三年、岩波書店）
北杜夫『茂吉彷徨――「たかはら」「小園」時代』（一九九六年、岩波書店）
斎藤茂太『茂吉の周辺』（一九八七年、中公文庫）

◆高村光太郎

『高村光太郎全集　全二二巻』（一九九四〜九八年、筑摩書房）
毎日新聞大阪本社監修・津金澤聰廣解説『ホーム・ライフ復刻版全一七冊』（二〇〇七〜〇八年、柏書房）
佐藤春夫『小説高村光太郎像』（一九五六年、実業之日本社）
『高村光太郎　文芸読本』（一九七九年、河出書房新社）
草野心平『わが光太郎』（一九九〇年、講談社文芸文庫）

◆北大路魯山人

『魯山人著作集　新装改訂版　全三巻』（一九九三年、五月書房）

梶川芳友・林屋晴三・吉田耕三他『魯山人の世界』（一九八九年、新潮社）
平野雅章『魯山人美味の真髄　魯山人が究めた食の心とかたち』（一九九七年、リヨン社）
山田和『知られざる魯山人』（二〇〇七年、文藝春秋）
白崎秀雄『北大路魯山人　上・下』（二〇一三年、ちくま文庫）
◆平塚らいてう
『平塚らいてう著作集　全八巻』（一九八三〜八四年、大月書店）
桜沢如一『石塚左玄』（一九九四年、大空社〈一九三四年、食養会刊行の復刻〉）
松原治郎、神田道子編「現代のエスプリ　婦人論」（一九七二年、至文堂）
米田佐代子『平塚らいてう　近代日本のデモクラシーとジェンダー』（二〇〇二年、吉川弘文館）
『別冊歴史読本　明治・大正を生きた15人の女たち』（一九八〇年、新人物往来社）
◆石川啄木
『啄木全集　全八巻』（一九六七〜六八年、筑摩書房）
岩城之徳編『回想の石川啄木』（一九六七年、八木書店）
司代隆三編『石川啄木事典』（一九七六年、明治書院）
『別冊太陽　石川啄木　漂泊の詩人』（二〇一二年、平凡社）
国際啄木学会編『石川啄木事典』（二〇〇一年、おうふう）
◆内田百閒
『新輯内田百閒全集　全三三巻』（一九八六〜八九年、福武書店）
里見真三『賢者の食欲』（二〇〇〇年、文藝春秋）

『文藝別冊　内田百閒』（二〇〇三年、河出書房新社）
「別冊太陽　内田百閒　イヤダカラ、イヤダの流儀」（二〇〇八年、平凡社）
備仲臣道『読む事典　内田百閒　我楽多箱』（二〇一二年、皓星社）

◆久保田万太郎
『久保田万太郎全集　全一五巻』（一九六七～六八年、中央公論社）
「サンデー毎日」（一九六三年五月二六日号）
巌谷大四「昭和二一～三〇年・銀座酒場文士録」（「小説新潮」一九七九年八月）
川口松太郎『久保田万太郎と私』（一九八三年、講談社）
小島政二郎『俳句の天才　久保田万太郎』（一九九七年、弥生書房）

◆佐藤春夫
『定本佐藤春夫全集　全三八巻』（一九九八～二〇〇一年、臨川書店）
『谷崎潤一郎全集　全三〇巻』（一九八一～八三年、中央公論社）
竹内良夫『華麗なる生涯　佐藤春夫とその周辺』（一九七一年、世界書院）
庄野潤三『文学交遊録』（一九九五年、新潮社）
「国文学　解釈と鑑賞」（二〇〇二年三月、至文堂）

◆獅子文六
『獅子文六全集　全一七巻』（一九六八～七〇年、朝日新聞社）
岩田幸子著・斎藤明美編・解説『笛ふき天女』（一九八六年、講談社）
重金敦之『飲むほどに酔うほどに　愛酒家に捧げる本』（二〇〇二年、有楽出版社）

平松洋子『野蛮な読書』（二〇一一年、集英社）
高峰秀子『高峰秀子かく語りき』（二〇一五年、文藝春秋）

◆江戸川乱歩

『江戸川乱歩全集　全二五巻』（一九七八〜七九年、講談社）
中島河太郎責任編集『江戸川乱歩ワンダーランド』（一九八九年、沖積舎）
『別冊太陽　江戸川乱歩』（一九九八年、平凡社）
『文藝別冊　江戸川乱歩』（二〇〇三年、河出書房新社）
平井隆太郎『乱歩の軌跡　父の貼雑帖から』（二〇〇八年、東京創元社）

◆宇野千代

『宇野千代全集　全一二巻』（一九七七〜七八年、中央公論社）
柳原一太・小林大介編『アンソロジー　お弁当。』（二〇一三年、パルコエンタテインメント事業部）
尾形明子『宇野千代〈女性作家評伝シリーズ（6）〉』（二〇一四年、新典社）
『個人全集月報集　円地文子文庫・円地文子全集・佐多稲子全集・宇野千代全集』（二〇一四年、講談社文芸文庫）
『文藝別冊　宇野千代』（二〇一七年、河出書房新社）

◆稲垣足穂

『稲垣足穂全集　全一三巻』（二〇〇〇〜〇一年、筑摩書房）
白川正芳『稲垣足穂』（一九七六年、冬樹社）
高橋康雄『タルホ逆流事典』（一九九〇年、図書刊行会）
『新文芸読本　稲垣足穂』（一九九三年、河出書房新社）

コロナ・ブックス編集部『稲垣足穂の世界』(二〇〇七年、平凡社)
◆小林秀雄
『小林秀雄全集　全一六巻』(二〇〇一〜一〇年、新潮社)
郡司勝義『小林秀雄の思ひ出――その世界をめぐって』(一九九三年、文藝春秋)
『文藝別冊　小林秀雄』(二〇〇三年、河出書房新社)
高見澤順子『兄小林秀雄との対話』(二〇一一年、講談社文芸文庫)
新潮社小林秀雄全集編集室編『この人を見よ　小林秀雄全集月報集成』(二〇一五年、新潮社)
◆森茉莉
『森茉莉全集　全八巻』(一九九三〜九四年、筑摩書房)
『三島由紀夫全集　全四四巻』(二〇〇〇〜〇六年、新潮社)
群ようこ『贅沢貧乏のマリア』(一九九六年、角川書店)
『文藝別冊　増補新版　森茉莉』(二〇一三年、河出書房新社)
『個人全集月報集　武田百合子全作品・森茉莉全集』(二〇一六年、講談社文芸文庫)
◆幸田文
『幸田文全集　全二四巻』(一九九四〜二〇〇三年、岩波書店)
青木玉『幸田文の箪笥の引き出し』(一九九三年五月、新潮社)
青木玉、聞き手鈴木健次『祖父のこと母のこと――青木玉対談集』(一九九七年、小沢書店)
『増補幸田文対話(上)――父・露伴のこと』(二〇一二年、岩波書店)
『KAWADE夢ムック　文藝別冊　幸田文(増補新版)』(二〇一四年、河出書房新社)

◆坂口安吾
『坂口安吾全集　全一八巻』（一九九八～二〇一二年、筑摩書房）
関井光男著者代表『坂口安吾研究一・二』（一九七四～七七年、冬樹社）
斎藤慎爾責任編集『太宰治・坂口安吾の世界　反逆のエチカ』（一九九八年、柏書房）
相馬正一『坂口安吾　戦後を駆け抜けた男』（二〇〇六年、人文書院）
『文藝別冊　坂口安吾』（二〇一三年、河出書房新社）
◆中原中也
『新編中原中也全集　全一二巻』（二〇〇〇～〇四年、角川書店）
『永井龍男全集　全一二巻』（一九八一～八二年、講談社）
『大岡昇平全集　全二四巻』（一九九四～二〇〇三年、筑摩書房）
河上徹太郎『わが中原中也』（一九七四年、昭和出版）
『新文芸読本　中原中也』（一九九一年、河出書房新社）
◆武田百合子
『新・ちくま文学の森　全一六巻』（一九九四～九六年、筑摩書房）
村松友視『百合子さんは何色　武田百合子への旅』（一九九四年、筑摩書房）
「東京人　特集＝食べ歩き、あの人この人。好事家たちの食スタイル」（二〇〇四年一月、都市出版）
『文藝別冊　武田百合子』（二〇〇四年、河出書房新社）
「ユリイカ　特集＝武田百合子」（二〇一三年、青土社）
◆山口瞳

『山口瞳大全　全一一巻』（一九九二～九三年、新潮社）
『吉行淳之介全集　全一五巻』（一九九七～九八年、新潮社）
山口瞳と三十人『この人生に乾杯！』（一九九六年、TBSブリタニカ）
中野朗『変奇館の主人　山口瞳評伝・書誌』（一九九九年、響文社）
『文藝別冊　増補新版　山口瞳』（二〇一四年、河出書房新社）

◆藤沢周平

『藤沢周平全集　全二六巻』（一九九二～二〇一二年、文藝春秋）
文藝春秋編『藤沢周平のすべて』（二〇〇一年、文藝春秋）
志村有弘編『藤沢周平事典』（二〇〇七年、勉誠出版）
笹沢信『藤沢周平伝』（二〇一三年、白水社）
「特別展示〈藤沢作品と庄内の食〉展示資料パンフレット」（二〇一三年一二月、鶴岡市立藤沢周平記念館）

図版出典

小林秀雄（一七二頁）　毎日新聞社
森茉莉（一八二頁）　共同通信社
武田百合子（二二九頁）　朝日新聞社
山口瞳（二三八頁）　朝日新聞社
藤沢周平（二四八頁）　共同通信社

【著者】
大本泉（おおもと いずみ）
仙台白百合女子大学教授。日本ペンクラブ会員。日本女子大学大学院博士課程修了。専門は日本の近現代文学。著書に『名作の食卓——文学に見る食文化』（角川学芸出版）、『作家のごちそう帖』（平凡社新書）、編著に『日本語表現 演習と発展』（明治書院）、『小説の処方箋』『神経症と文学——自分という不自由』（以上、鼎書房）、共著に『日本女子大学に学んだ文学者たち』（翰林書房）、『永井荷風——仮面と実像』（ぎょうせい）など多数。

平 凡 社 新 書 876

作家のまんぷく帖

発行日——2018年4月13日　初版第1刷

著者————大本泉

発行者———下中美都

発行所———株式会社平凡社
東京都千代田区神田神保町3-29　〒101-0051
電話　東京（03）3230-6580［編集］
　　　東京（03）3230-6573［営業］
振替　00180-0-29639

印刷・製本—図書印刷株式会社

装幀————菊地信義

ISBN978-4-582-85876-1
NDC 分類番号596　新書判（17.2cm）　総ページ272
平凡社ホームページ　http://www.heibonsha.co.jp/